이슬이와 코코

글·하송 / 그림·김승연

이슬이와 코코

「저자의 말」

어릴 때부터 책 읽기를 좋아했습니다. 동화책 속의 신비한 세계에서 주인공이 되어 상상의 나래를 펼치며 동화 작가의 꿈을 키웠습니다.

어린이들에게 꿈과 희망을 선물하고 싶어서 동시와 동화를 쓰기 시작했습니다. 순수한 어린이의 마음이 전달되는 동화를 통하여, 귀하고 사랑스러운 우리 어린이들의 가슴이 좀 더 따뜻해지고 행복해지면 좋겠습니다.

동화 속에는 없는 것이 없고, 안 되는 것이 없고, 못 하는 것이 없습니다. 우리 어린이들이 즐겁게 동화를 읽으며 예쁜 마음으로 꿈을 키우기를 바랍니다.

본 동화집 '이슬이와 코코' 가 어린이 여러분의 친구가 되고 어른들에게는 맑은 동심으로 돌아가는 시간이 되기를 바랍니다.

2022년 12월 초겨울에

하송

이슬이와 코코

차례

이슬이와 코코

제1편
이슬이와 코코

제1편
이슬이와 코코

이슬이와 코코

"이슬아 아빠랑 같이 운동 갈까?"

"싫어요."

"그러지 말고 같이 가자."

"귀찮은데…."

"아빠는 우리 딸하고 함께 운동해보는 것이 소원인데, 안 들어 줄거야?"

"알았어요. 갈게요."

저녁 식사를 하고 아빠가 이슬이한테 운동 가자고 하셨습니다. 이슬이가 마지못해 아빠를 따라 나왔습니다. 아파트 바로 옆에 있는 학교에 도착했습니다. 운동장으로 들어오는데 갑자기

"야옹!"

소리가 들렸습니다. 소리 나는 곳을 보니, 아주 작은 고양이가 화단에 앉아 있었습니다. 이슬이도 반가워서 따라 했습니다.

"야옹!"

고양이가 이슬이를 봤습니다. 둘이 서로 한참을 바라보았습니다. 아빠가 말씀하셨습니다.

"이슬아, 어서 걸어야지."

이슬이는 아빠와 함께 운동장을 걷기 시작했습니다. 그런데 눈길이 자꾸 고양이를 향했습니다. 고양이도 가만히 앉아서 이슬이를 바라보더니 어디론가 사라졌습니다.

집에 와서 샤워를 했습니다. 수건으로 살살 두드려서 닦고 온몸에 바디 로션을 발랐습니다. 엄마가 로션 바르는 것을 도와주셨습니다.

"아이, 아파."

아토피가 심해서 조심하는데도 아프다는 말이 절로 나왔습니다. 로션을 모두 바른 후에 면 속옷과

면 잠옷을 입고 잠자러 누웠습니다.

좀 전에 학교 운동장에서 본 고양이 생각이 나서 빨리 잠이 오지 않았습니다.

창밖에서 무슨 소리가 들렸습니다. 가만히 들어보니 고양이 소리 같았습니다. 궁금해서 창밖을 보니 좀 전에 봤던 고양이가 창문 아래 앉아있었습니다.

이슬이가 창문을 열자 더욱 애처롭게

"야옹!"

했습니다. 이슬이가 고양이한테

"야옹아, 이리 와!"

라고 불렀습니다. 그러자 고양이가 창문으로 훌쩍 뛰어 들어왔습니다. 이슬이는 야옹이를 꼭 껴안았습니다. 그리고 이불 속으로 들어갔습니다. 포근했습니다. 털을 쓰다듬으며 스르르 잠이 들었습니다.

화사한 햇살에 눈이 부셨습니다. 눈을 떠보니 아침이었습니다. 어젯밤 일이 생각나서 고양이를 찾았습니다. 고양이는 어디에도 없었습니다. 생각해보니

꿈이었습니다. 꿈이 생생해서 실제 있었던 일처럼 착각했던 것입니다.

　오늘은 저녁밥을 먹고 이슬이가 먼저 아빠한테 운동장에 가자고 했습니다.
　"아빠! 저랑 운동가요."
　아빠가 의아해서 물었습니다.
　"아빠랑 같이 운동 갈거야?"
　"네, 같이 가요."
　아빠는
　"아이고 우리 이슬이 착하네."
하시며 무척 기뻐하셨습니다. 이슬이는 고양이를 보고 싶어서 운동장으로 빨리 걸었습니다.
　"야옹!"
　또 고양이가 나타났습니다. 많이 반가웠습니다. 어제 고양이를 안고 잠이 들었던 꿈을 꾸어서 더 반가웠습니다.
　고양이를 바라보며 걷다가 넘어졌습니다. 무릎에서

피가 났습니다.

"아이 아파."

"아이고 피나네. 빨리 집에 가자."

아빠가 깜짝 놀라서 이슬이를 데리고 집으로 왔습니다. 상처 부위를 깨끗하게 씻고 후후 불며 약을 발라주셨습니다.

"아이 냄새야."

이슬이가 코를 쥐며 말했습니다. 그러자

"냄새 많이 나니?"

아빠가 웃으며 말씀하셨습니다.

"네, 아빠."

그러자 옆에 계시던 엄마가 말씀하셨습니다.

"당신 언제 끊을거예요?"

"미안해. 끊으려고 하는데 힘드네."

이슬이가 친구들과 함께 학교 끝나고 집에 오는 길입니다. 편의점 앞에 도착하자 친구 한 명이 말했습니다.

"우리 맛있는 것 먹을까?"

"응 좋아."

이슬이도 함께 편의점에 들어갔습니다. 그리고 과자하고 아이스크림을 샀습니다.

"참, 너 이런 것 먹으면 안 되잖아."

"조금은 괜찮아."

"어제도 먹었잖아!"

"그런가? 너무 맛있어서. 헤헤."

이슬이는 친구들이 걱정해주는데도 아랑곳없이 아이스크림을 뚝딱 먹고 나서 과자를 먹기 시작했습니다.

저녁 식탁 앞에 가족들이 모였습니다.

"잘 먹을게 여보."

아빠가 말씀하시고 저녁 식사를 맛있게 하시기 시작했습니다. 이슬이는 입맛이 없어서 조금 먹고 수저를 놓았습니다. 엄마가 걱정스러운 목소리로 말씀하셨습니다.

"이슬아. 왜 이렇게 조금 먹어."

"입맛이 없어요."

"혹시 군것질했니?"

"네. 학교에서 오는 길에 아이스크림하고 과자
사 먹었어요."

이슬이 대답에 엄마가 걱정스러운 표정으로 말씀
하셨습니다.

"아토피에 그런 음식 안 좋은데…."

"미안, 엄마. 근데 너무 먹고 싶어서요."

"참아야 하는데 큰일이다."

엄마가 크게 한숨을 쉬셨습니다.

아빠는 식사 후에 아파트 밖으로 나가셨습니다.
한참 있다 들어오신 아빠한테서 담배 냄새가 났습니다.

"아이 냄새야. 여보."

"미안해. 곧 끊을게."

엄마는 담배 피우는 아빠 때문에 또 한숨을 쉬셨
습니다.

"이슬아! 운동 가자."

"네, 아빠."

오늘도 이슬이는 아빠를 따라서 저녁 식사 후에 학교 운동장으로 갔습니다.

"야옹!"

고양이가 나타났습니다.

"야옹아, 안녕?"

이슬이가 말을 걸면서 고양이에게 다가갔습니다.

"반가워."

이슬이가 등을 쓰다듬으며 말을 하자 고양이도 꼬리를 흔들며 반가워했습니다. 고양이하고 인사를 나눈 뒤에 아빠하고 운동장을 돌기 시작했습니다. 이제 아빠하고 운동하러 나오는 것이 즐거워졌습니다. 귀여운 고양이를 볼 수 있기 때문입니다.

어느 날이었습니다. 이슬이가 학교에서 써온 편지를 가방에서 꺼냈습니다. 그리고 아빠한테 드렸습니다.

"아빠, 이 편지 읽어보세요."

"응? 어버이날도 아닌데 갑자기 무슨 편지냐?"

"제가 오늘 보건 수업 시간에 쓴 편지예요."

《 사랑하는 아빠! 안녕하세요? 저 이슬이에요.
  오늘 보건 수업 시간에 담배에 대해서 배웠어요.
  담배에는 몸에 나쁜 화학성분이 너무 많이 들어
  있어요.
  그중에서 니코틴은 담배에 중독되어서 끊기 힘들
  게 해요. 타르는 암을 일으키고 일산화탄소는 숨
  쉬기 힘들어지고 빨리 늙게 해요.
  아빠가 너무 걱정돼요.
  아빠!
  담배 끊어주세요.
  제발 부탁해요.

      아빠 딸 이슬 드림. 》

아빠는 이슬이 편지를 읽더니 미안한 표정으로 말했습니다.

"그래, 우리 딸이 이렇게 아빠 걱정을 많이 하니 담배 끊어야겠다."

"우와! 아빠 정말요?"

"응 그래."

"자 약속 새끼손가락 걸고 엄지 도장 찍어요. 이제 정말 약속하신 거예요?"

"그럼 정말 약속했어."

아빠는 담배와 라이터를 모두 쓰레기통에 버리셨습니다.

"우와, 우리 아빠 최고!"

이슬이는 아빠한테 달려가서 볼에 뽀뽀했습니다.

"하하하."

아빠가 크게 웃으셨습니다. 옆에서 엄마도 환하게 웃으셨습니다.

며칠이 지났습니다. 오늘도 이슬이가 아빠하고 운동장에 갔습니다.

"야옹아!"

다른 때처럼 반갑게 고양이를 불렀습니다. 그런데 오늘은 고양이가 보이지 않았습니다.

"응? 고양이가 안 보이네?"

이슬이가 불안해서 안절부절했습니다.

"이슬아 빨리 걸어야지."

아빠가 불렀습니다.

"아직이요. 고양이가 안 보여요."

고양이를 아무리 찾아도 보이지 않았습니다. 아빠하고 운동장을 걸으면서도 이슬이는 고양이 생각뿐이었습니다. 그래도 고양이는 나타나지 않았습니다.

운동을 끝내고 집에 오면서도 마음이 편하지 않았습니다. 계속 고양이를 생각하면서 자리에 누웠습니다.

다음날이었습니다.

학교에서도 온종일 고양이 생각을 했습니다. 빨리 저녁 먹고 고양이를 보러 가야겠다는 생각뿐이었습니다. 저녁 식사를 하고 아빠한테 빨리 운동 가자고 재촉했습니다.

운동장에 도착하니 운동하는 사람들 소리만 나고 어디에도 고양이는 보이지 않았습니다. 다리에 힘이 풀려서 화단 벤치에 주저앉았습니다. 아빠는 잠시 학교 밖으로 나가셨다 돌아오셨습니다.

"이슬아, 뭐하니?"

아빠가 옆으로 오신 순간, 아빠한테서 담배 냄새가 났습니다.

"아빠 또 담배 피우셨어요?"

"미안, 아빠가 오늘 직장에서 스트레스 받는 일이 있어서 또 피웠다."

건강에 안 좋은 담배를 아빠가 또 피우시니 걱정이 됐습니다.

"담배가 건강에 너무 안 좋단 말이에요."

"괜찮아, 아빠는 다른 사람보다 운동을 열심히 해서 건강 하나만은 자신 있어. 그러니까 걱정 안 해도 돼."

아빠는 힘차게 말씀하시더니 운동장을 뛰기 시작

했습니다.

이슬이가 힘없이 앉아 있는데 희미하게 야옹 소리
가 들리는 것 같았습니다.
"응? 고양이 소리다!"
반가운 마음에 바라봤는데 아무것도 없었습니다.
실망하고 앉았는데 또 희미하게 야옹 소리가 들렸습
니다.
이슬이는 살살 소리 나는 쪽으로 발걸음을 옮겼습
니다.
"어머나!"
캄캄한 곳에서 두 개의 불이 반짝이고 있었습니
다. 언뜻 보니 고양이 두 눈 같았습니다.
반가워서 쫓아가 보니 고양이었습니다. 다리를 다
쳐서 꼼짝하지 못하고 누워있었습니다.
"야옹!"
고양이 울음 소리가 구슬프게 들렸습니다. 이슬이
는 마음이 많이 아팠습니다.

"아빠!"

이슬이는 고양이를 안고 아빠를 소리쳐 불렀습니다. 아빠가 달려오셔서 고양이를 보고 말씀하셨습니다.

"무슨 일이냐? 아이고, 고양이가 다쳤구나."

"아빠, 우리 집으로 데려가서 치료해줘요."

"그럼 좋은데…."

아빠는 쉽게 대답하지 못하셨습니다. 이슬이가 아토피가 심하고 엄마가 고양이를 좋아하지 않기 때문이었습니다.

"이대로 놔두면 고양이 죽을 수 있어요. 우리 집으로 데려가요. 네?"

"그래 알았다. 일단 집으로 데려가서 치료해 주자."

고양이를 안고 집으로 들어오는 이슬이를 보고 엄마는 화들짝 놀라셨습니다.

"어머! 무슨 고양이야?"

"엄마, 불쌍한 고양이라서 데려왔어요."

"안돼. 너 아토피 피부염에 안 좋고 나도 고양이 무섭고 싫어."

엄마의 단호한 말씀에 이슬이는 아빠한테 구원의 눈빛을 보냈습니다.

"여보, 일단 고양이가 다쳤으니까 치료부터 해줍시다."

아빠는 엄마를 설득하고 고양이를 치료해주셨습니다. 그리고 거실에 종이 상자로 고양이 집을 임시로 만들어 주셨습니다. 고양이는 '야옹!' 하면서 고맙다는 듯이 인사를 하고 얌전히 누웠습니다.

다음날 이슬이가 학교 끝나고 집에 오늘 길이었습니다.

"우리 맛있는 것 사 먹을까?"

친구들이 편의점에 가자고 했습니다. 이슬이는

"나는 바빠서 집에 빨리 가야 해. 내일 보자."

라고 말하고는 집을 향해 뛰었습니다.

"이슬아!"

친구들이 불렀지만 뒤도 안 보고 뛰었습니다. 너무 뛰어서 헉헉거리며 집에 들어섰습니다. 고양이

가 눈을 빛내며

　"야옹! "

하고 맞이해주었습니다. 이슬이는 고양이에게 달려

가서 다정하게 말했습니다.

　"야옹아, 잘 있었어? 다리 많이 아파?"

라고 하자 고양이도

　"야옹!"

하고 대답했습니다. 무슨 말인지는 잘 몰라도 반갑

다고 하는 것처럼 들렸습니다.

　숙제를 다 하고 고양이 앞에 쪼그리고 앉아 있는

데 아빠가 오셨습니다.

　"이슬아!"

　"아빠! 다녀오셨어요?"

　아빠 손에 큰 상자가 들려있었습니다.

　"이거 뭐예요?"

　"응, 고양이 예쁜 집 사왔다."

　"우와, 우리 아빠 최고!"

이슬이는 기뻐서 소리쳤습니다. 그런데 엄마 표정이 안 좋아지더니 말씀하셨습니다.

"고양이 다리 나으면 돌려보낼 텐데 무슨 집까지 사 왔어요?"

아빠는 이슬이에게 윙크를 하더니

"아프니까 편한 곳에서 지내게 해주고 싶어서요."
라고 말씀하시고 고양이 집을 폭신폭신하게 꾸며 주셨습니다. 고양이는 편안한 자세로 누웠습니다. 그리고 바로 잠이 들었습니다. 이슬이는 고양이를 오래오래 보고 있었습니다.

아빠가 말씀하셨습니다.

"이슬아, 이제 자고 고양이는 내일 또 보자."

"네, 아빠! 고양이 집, 감사합니다."

이슬이는 아빠 볼에 뽀뽀하고 잠을 자러 방으로 들어갔습니다.

"그래. 하하."

아빠도 기분이 좋아서 크게 웃으셨습니다.

37

이렇게 며칠이 흘렀습니다. 이슬이는 날마다 학교 끝나면 바로 집으로 왔습니다.

빨리 고양이를 보고 싶어서 친구들하고 편의점에 들르지 않고 집으로 달려왔습니다.

"엄마, 나 이제 안 가려워요."

"그래? 요즘 우리 딸 피부가 많이 좋아졌어."

"밤에도 안 가려워서 잠이 잘 와요."

"몸에 안 좋은 군것질을 끊으니까 이렇게 좋아졌구나.

"고양이 덕분이에요. 고양이 빨리 보고 싶어서 편의점 안 들리니까요."

"그렇긴 하다."

"그래서 말인데요. 엄마 우리 고양이 집에서 키우면 안 돼요?

"그건 좀 곤란해. 다친 고양이라 어쩔 수 없이 데리고 있는데 다 나으면 원래 있던 곳으로 돌려보내자."

엄마 말씀에 이슬이는 마음이 슬퍼졌습니다.

할아버지하고 통화한 뒤에 아빠 얼굴이 어두워지자 걱정이 되신 엄마가 물어보셨습니다.

"여보, 아버님께 무슨 일 있어요?"

"아버님이 많이 편찮으셔. 얼마 전부터 기침하셨는데 점점 더 심해지시네."

"그래요? 그럼 병원에 모시고 가야죠."

"내일은 직장에 연가를 내고 아버님을 모시고 병원에 다녀와야겠어요."

시골에 계시는 할아버지께서 기침하시는데, 약국에서 약을 사 드셔도 낫지 않고 시간이 지날수록 점점 더 심해지신다고 했습니다.

할아버지가 많이 걱정됐습니다.

아침이 되었습니다. 아빠가 엄마한테 말씀하셨습니다.

"여보, 오늘 함께 시골에 가서 아버님 모시고 옵시다."

"그래요. 같이 가요."

엄마가 걱정스럽게 말씀하셨습니다.

"엄마, 아빠 학교 다녀오겠습니다. 야옹아, 잘 놀고 있어. 학교 끝나면 바로 올게."

이슬이는 부모님과 고양이한테 인사하고 학교에 갔습니다. 수업이 끝나고 집에 달려왔는데 집이 조용했습니다. 엄마 아빠가 안 보이셨습니다.

"엄마, 어디예요?"

엄마한테 전화했더니 병원이라고 하셨습니다. 늦게 오신다고 저녁밥 챙겨 먹고 있으라고 했습니다. 이슬이는 고양이한테 밥을 주고 말했습니다.

"내가 예쁜 이름을 지었어. 오늘부터 네 이름은 코코야. 어때? 마음에 들어?"

코코도

"야옹!"

하며 좋다고 대답했습니다.

"근데 우리 할아버지 아프셔서 어떡하지?"

이슬이 말에 코코도 걱정되는지

"야옹!"

소리로 대답했습니다.

 잠결에 엄마 아빠 목소리가 들려서 잠에서 깼습니다. 두 분 목소리가 심각했습니다.
 "여보, 당신도 이제 담배 끊어요. 건강하시던 아버님이 담배 때문에 이렇게…."
 엄마가 말을 하다 우는 소리가 들렸습니다. 아빠가 말씀하셨습니다.
 "알았어. 정말 끊을게. 아버님이 정말 건강하셨는데 이게 무슨 날벼락인지 모르겠네. 폐암이라니…."
 아빠도 침통한 목소리로 말씀하셨습니다.
 "할아버지가 폐암이라고요?"
 이슬이가 깜짝 놀라서 방문을 열고 뛰어나갔습니다. 아빠 눈에 눈물이 맺혀서 말씀하셨습니다.
 "그래. 할아버지께서 폐암에 걸리셨어."
 이슬이는 부모님을 따라서 대학병원에 갔습니다. 큰 병원만 봐도 무서워서 떨렸습니다.

43

"할아버지!"

"아이고, 우리 이슬이 왔구나."

할아버지는 이슬이를 많이 반가워하시며 손을 잡으셨습니다. 큼지막하고 따뜻하던 할아버지 손이 마르고 차가웠습니다.

"내가 너희들 보기에 염치가 없다. 진즉에 담배를 끊었어야 했는데 후회되는구나."

"할아버지 힘내세요."

"그래 이슬아, 고맙다."

부모님께서 할아버지 때문에 병원에 계시느라 이슬이는 고양이하고 둘이 있는 시간이 많아졌습니다. 엄마 아빠가 집에 안 계셔도 코코를 돌보며 잘 지냈습니다.

"너 혼자 집에 있어서 어떡하냐?"

"아녜요. 걱정하지 마세요. 코코랑 함께 있어서 괜찮아요. 저는 괜찮으니까 할아버지 간호 잘 해주세요."

라고 대답했습니다. 엄마가 말씀하셨습니다.

"코코?"

"네. 제가 지은 고양이 이름이에요. 예쁘죠?"

"그래. 이름이 참 예쁘다. 고양이하고 아주 잘 어울려."

엄마도 예쁜 이름이라고 칭찬해주셨습니다. 아빠도 한 말씀 하셨습니다.

"우리 이슬이가 이름도 잘 짓고 대단한데? 앞으로 작가해도 되겠어."

"아빠 제 꿈이 동화작가예요."

"그래? 동화작가?"

"네. 어린이들에게 꿈과 희망을 주는 동화를 들려주는 동화작가가 되고 싶어요."

"그래. 좋은 꿈이구나. 엄마가 응원할게."

"그래. 멋진 꿈이다. 우리 딸! 아빠도 응원한다."

"감사합니다. 엄마 아빠!"

이슬이의 대답에 엄마가 한마디 덧붙이셨습니다.

"이슬아! 코코 이제 다리 다 나았지?"

"네. 그렇긴 한데요."

이슬이가 갑자기 걱정스러운 표정으로 엄마를 바라봤습니다.

"앞으로 코코를 우리가 키우자!"

"네? 정말요?"

"우리 이슬이가 건강해지고, 나도 코코하고 정이 들어서 이제 안 무섭고 예뻐졌어."

엄마가 코코를 키우라고 허락하신 것입니다.

"엄마, 감사합니다!"

이슬이는 기뻐서 엄마를 끌어안고 볼에 뽀뽀하고, 코코한테 달려가서 끌어안고 말했습니다.

"코코야. 이제 우리는 완전한 가족이야. 너 내 동생으로 할게."

코코도 기분이 좋은지

"야옹!"

하며 이슬이 품에 안겼습니다.

오랜 시간 할아버지가 병원에서 항암 치료를 받으신 덕분에 점점 회복되기 시작하셨습니다.

이슬이네 집에 다시 평화가 찾아왔습니다. 할아버지께서 건강해지셔서 시골 할아버지 댁으로 돌아가시고 아빠는 담배를 완전히 끊으셨습니다.

이제 아빠가 이슬이를 안고 뽀뽀해도 밀어내지 않았습니다. 아빠 턱수염이 조금 따갑긴 해도 담배 냄새 안 나는 아빠 품이 포근했습니다. 이슬이는 금연 약속을 지킨 아빠가 존경스럽고 더 많이 좋아졌습니다.

오늘도 저녁 식사 후에 코코를 안고 가족 모두 운동장에 갔습니다. 코코를 화단 옆에 앉혀놓고 운동장을 돌았습니다. 엄마, 아빠, 이슬이가 맨발로 운동장을 걷는 모습을, 코코는 가만히 바라보고 있었습니다. 이슬이가 걷다가

"코코야!"

라고 불렀습니다. 그러자 코코가

"야옹!"

대답했습니다.

요즘 아빠를 따라서 가족 모두 운동장을 맨발로
걷고 있습니다. 처음엔 발바닥이 조금 아픈 느낌이
들었는데, 요즘은 부드러운 모래 감촉에 기분이 좋
아졌습니다.

오늘이 보름인가 봅니다. 둥그런 보름달이 환하게
비추며 이슬이 가족을 응원해줍니다.

어느새 이슬이가 비염이랑 아토피가 모두 나았습
니다.

군것질을 안 해서인지, 날마다 맨발로 걸어서인
지, 아빠가 금연해서인지 알쏭달쏭합니다. 그런데
한 가지 분명한 것은 코코를 만난 날부터 이슬이 가
족이 모두 건강하고 행복해진 것입니다.

제2편
똘이 개미

제2편
똘이 개미

똘이 개미

송이가 할머니를 따라 밭에 가고 있었습니다. 단짝 친구인 철이가 달려왔습니다.

"송이야, 어디 가니?"

"응, 밭에 가."

"그래? 그럼 나도 같이 가자."

골목에서 혼자 노느라 심심했던 철이가 따라왔습니다. 할머니께서는 미소를 띤 채 말씀하셨습니다.

"송이랑 놀고 싶어서 그러는구나. 부모님께 말씀 드렸니?"

"아니요."

"부모님 걱정하시니까 얼른 가서 허락받고 오렴."

"네, 할머니."

할머니 말씀이 떨어지자마자 철이가 전속력으로

집으로 달려갔습니다. 그리고 헐떡거리며 달려왔습니다.

"할머니, 엄마가 허락해주셨어요."

"응, 그래. 그럼 가자."

할머니의 주름지고 굵은 마디의 손이 바쁘게 움직입니다. 그동안 뜨거운 햇볕에서 일하시느라 손이 까만색이었습니다.

송이랑 철이도 밭일을 돕는다며 할머니 곁으로 다가왔습니다.

"너희는 저쪽으로 가서 놀아라."

"아녜요. 우리도 할머니 도울래요."

성큼성큼 앞장서서 걸어오던 철이가 채소를 밟았습니다.

"철아, 너 채소 밟고 있어."

뒤에 따라오던 송이가 말하자 철이가 깜짝 놀라 대답했습니다.

"응? 아이쿠, 죄송해요. 할머니."

"괜찮아. 철아."

할머니께서 괜찮다고 말씀하셨지만 그래도 미안했습니다.

"나같이 밭고랑으로 조심해서 걸어야 해."

송이가 철이에게 채소 안 밟는 방법을 알려주었습니다.

"그렇구나."

둘이 대화를 듣던 할머니께서 말씀하셨습니다.

"너희들까지는 일 안 해도 돼. 어서 저 나무 아래에 가서 놀아라."

철이와 송이는 밭둑의 시원한 소나무 그늘로 갔습니다. 그리고 소꿉놀이에 빠졌습니다. 할머니는 일하는 틈틈이 이마에 흐르는 땀을 닦으시며 흐뭇하게 아이들을 바라보셨습니다.

송이는 할머니하고 둘이 시골에서 살고 있습니다. 엄마하고 아빠는 동생들 데리고 도시에 살고 계십니다. 할머니 댁에서 함께 살다가 아빠 직장 때문에

몇 년 전에 도시로 이사 가셨습니다.

부모님께서는 할머니를 모시고 도시로 이사 가겠다고 했습니다. 하지만 할머니께서는 안 가겠다고 하셨습니다. 평생을 시골에서 지내와서 도시는 너무 답답해서 싫다고 하셨습니다.

시골에는 밭이 있어서 채소 가꾸는 재미가 있고, 친척과 친구들과 함께 지내서 외롭지 않다고 하셨습니다.

그런데 할머니께서는 송이도 도시로 못 보내겠다고 하셨습니다. 첫 손녀인 송이를 너무 예뻐하시기 때문입니다. 송이도 할머니와 친구들하고 헤어지는 것이 싫다며 시골에서 살겠다고 했습니다.

그런데 사실은 할머니 혼자 시골에 계시는 것이 많이 걱정됐습니다. 그래서 송이도 끝까지 할머니와 함께 시골에서 살겠다고 한 것입니다.

그런데 한 번씩 엄마, 아빠와 동생들이 많이 보고 싶어서 힘들 때가 있었습니다. 할머니께서 걱정하실까 봐서 한 번도 말을 한 적은 없습니다. 혼자 조용히 벽에 걸린 엄마, 아빠 결혼식 사진을 보며 눈물을 흘릴 뿐이었습니다.

송이는 눈물을 닦으며 방학을 기다렸습니다. 방학 때는 할머니를 따라 부모님하고 동생이 있는 도시에서 지낼 수 있기 때문입니다.

갑자기 철이가 소리를 질렀습니다.

"와! 개미집이다. 개미가 엄청 많아!"

송이가 궁금해서 물었습니다.

"어디?"

철이가 개미집을 가리키며 말했습니다.

"여기 봐봐."

정말 철이가 가리킨 개미집에는 개미가 바글바글했습니다.

"우와, 정말 많다. 아이 귀여워!"

송이가 작은 개미를 보면서 귀엽다고 말할 때였습니다. 주위를 두리번거리던 철이가 갑자기 큰 막대를 주워왔습니다.

그리고 순식간에 막대로 개미집을 파헤치기 시작했습니다. 깜짝 놀란 개미들이 혼비백산하며 사방으로 흩어졌습니다.

그러자 철이는 도망가는 개미 뒤를 막대로 두들겼습니다.

"이놈들 꼼짝마라."

"송이가 그 모습을 보고 깜짝 놀라서 소리쳤습니다.

"철아!"

"응?"

"그만해. 개미들이 많이 놀라잖아."

송이가 소리치자 개구쟁이 철이가 멈칫했습니다. 그리고 개미에게 하던 장난을 그만두었습니다. 재미있게 놀다가 김이 새긴 했지만 어쩔 수 없었습니다. 송이가 혹시 화나서 앞으로 안 놀아주면 큰일이기 때문입니다.

그런데 얼굴을 보니 벌써 송이가 화난 것 같았습니다. 철이는 슬슬 송이 눈치를 보기 시작했습니다.

송이는 마음이 따뜻하고 주위 사람들을 배려하는 성격입니다. 그래서 누구를 괴롭히는 것은 상상도 할 수 없습니다. 철이는 별생각 없이 개미를 괴롭히고선 송이 앞에서 부끄러워졌습니다.

개미 마을입니다. 똘이 개미는 친구들하고 재미있게 놀고 있었습니다. 그러다 갑자기 철이의 공격을 받고 크게 외쳤습니다.

"애들아, 빨리 피해."

친구들과 함께 달리기 시작했습니다. 철이가 두드리는 막대를 피하느라 온 힘을 다해 도망쳤습니다. 계속해서 달리고 달렸습니다.

어디까지 도망을 왔는지 점점 어두워지기 시작했습니다. 친구들과도 흩어졌습니다. 주위에 아무도 없고 혼자라 더욱 무서웠습니다. 이곳이 어디인지 알 수가 없었습니다.

그때였습니다.

"으악!"

급하게 도망가느라 발을 헛디뎌서 아래로 뚝 떨어졌습니다.

'이제 죽는구나!'

공포로 하얗게 질린 채 의식을 잃었습니다. 얼마가 지났는지 산들바람이 살살 볼을 간지럽혔습니다.

눈을 뜬 순간, 똘이 개미는 초록 풀 위에 앉아 있는 것을 알았습니다.

"괜찮니?"

"여기 어디예요?"

얼떨떨한 채 똘이 개미가 묻자 초록 물풀이 말했습니다.

"응, 개울이야."

"제가 살아있어요?"

"응, 나한테 떨어져서 다행이야."

"살려주셔서 감사합니다."

그러자 초록 물풀이 대답했습니다.

"아직은 위험해. 떠내려가지 않도록 발에 힘을 꽉 줘야해."

개울 물이 가슴까지 잠겨있는 초록 물풀이, 똘이 개미를 안고 걱정스럽게 말했습니다.

"여긴 물속이라 안심하기 일러. 비가 오면 물이 불어나서 위험하니까 빨리 나가야 해."

그때였습니다. 하늘에서 먹구름이 몰려오더니 빗방울이 하나씩 떨어지기 시작했습니다.

초록 물풀은 갑자기 마음이 급해지기 시작했습니다.

"어떡하지? 빗방울이 떨어지네."

개울가에서 초록 물풀의 말을 듣던 애기똥풀이 말했습니다.

"내 손을 잡고 나오는 것이 어때?"

초록 물풀이 반갑게 대답했습니다.

"그래, 그럼 되겠다."

초록 물풀이 올려주고 애기똥풀이 연약한 손을 내밀어 똘이 개미를 받아줬습니다.

똘이 개미는 친절한 초록 물풀과 애기똥풀의 도움으로 무사히 개울을 빠져나왔습니다. 그런데 너무 무서웠습니다. 몸까지 비에 젖어서 덜덜 떨리기 시작했습니다.

"엄마! 어딨어? 으앙!"

결국은 추위와 무서움을 참지 못하고 서글프게 울기 시작했습니다.

"울지마, 나도 눈물이 나잖아."

애기똥풀도 따라서 울었습니다.

이때였습니다. 부드러운 말소리가 들렸습니다.

"아가야! 내 품에 안기렴."

소리 나는 곳을 보니 키가 작은 이름 모를 흰색 들꽃이었습니다. 똘이 개미는 울음을 뚝 그쳤습니다.

그리고 망설였습니다.

키 작은 흰색 들꽃이 다정한 미소와 함께 다시 한 번 말했습니다.

"아가야, 괜찮아. 어서 이리오렴."

은은하게 좋은 냄새가 나는 부드러운 들꽃 품에
안기니 포근했습니다. 똘이 개미는 긴장이 풀리자
스르르 잠이 들었습니다.

다음 날이었습니다. 해가 환하게 떠올랐습니다.
똘이 개미는 눈을 뜨자마자 엄마랑 식구들이 너무
보고 싶어 또다시 큰 소리로 울기 시작했습니다.

"으앙!"

키 작은 흰색 들꽃이 다정하게 물었습니다.

"이름이 뭐니?"

"흑흑, 똘이에요."

"쯧쯧, 안쓰러워라. 어린 것이 어쩌다 엄마하고
헤어져서…."

키 작은 흰색 들꽃이 머리를 쓰다듬으며 위로해줬
습니다. 그리고 말했습니다.

"빨리 엄마를 찾아야 할 텐데…."

옆에서 안쓰럽게 바라보던 민들레 아주머니가 말
했습니다.

"너무 슬퍼하지 말아라. 내가 엄마를 찾도록 도
와 줄게."

똘이 개미는 엄마를 찾아 준다는 말에 갑자기 눈
물을 뚝 그쳤습니다. 그리고 뛸 듯이 기뻤습니다.
그런데 걱정이 되었습니다.

'참 고마운 분들이야. 그런데 꽃은 걸어 다니지
못하고 한 자리에 가만히 서 있는데 어떻게 우리 엄
마를 찾을 수 있지?'

마음속으로 걱정은 되지만 엄마를 볼 수 있다는
희망이 생기자 똘이 개미가 울지 않았습니다. 밥도
먹고 잠도 잤습니다. 똘이 개미는 친절한 꽃들의 보
살핌을 받으며 며칠을 지냈습니다.

노란 민들레꽃이 흰색의 솜사탕 같은 봉우리로 점
점 변해갔습니다. 천사 날개가 생각났습니다. 참 신
기했습니다.

그러던 어느 날 하얀 민들레 꽃씨가 시원한 바람
마차를 타고 날아가는 것이었습니다. 민들레 아주머

니는 다정하게 손까지 흔들며 작별인사를 했습니다.

"똘이야, 안녕! 다음에 또 보자."

"어디 가세요?"

"똘이 엄마 찾으러."

"우리 엄마요?"

"응, 기다려"

똘이 개미는 너무 신이 나서 폴짝폴짝 뛰었습니다.

"우와, 신난다."

그리고 며칠 뒤였습니다.

"똘이야!"

"엄마!"

엄마가 똘이 개미를 찾아왔습니다. 똘이 개미는 꿈인지 생시인지 몰라서 볼을 꼬집었습니다. 볼이 아픈 것을 보니 꿈이 아닌 것은 분명했습니다.

똘이 개미와 엄마는 반가움에 서로 부둥켜안고 눈물바다를 이루었습니다.

민들레 꽃씨가 날아가서 엄마한테 똘이 개미 있는

곳을 알려준 것입니다. 모두 함박웃음과 함께 박수를 치면서 축하해주었습니다.

"민들레님 감사합니다."

"초록 물풀님 감사합니다."

"애기똥풀님 감사합니다."

"흰색 들꽃님 감사합니다."

"우리 똘이를 살려주셔서 정말 감사합니다. 평생 은혜 잊지 않겠습니다."

엄마는 그동안 돌봐주었던 민들레, 초록 물풀, 애기똥풀, 키 작은 흰색 들꽃에게 감사의 인사를 드렸습니다.

똘이도 큰절을 하였습니다.

"정말 감사합니다."

똘이는 엄마 손을 잡고 집으로 가면서 자꾸 뒤를 돌아보고 또 뒤돌아봤습니다.

똘이 개미가 집에 무사히 돌아오자 가족들이 춤을 추며 기뻐했습니다. 똘이를 잃어버려서 가족 모두 슬픔에 잠겨서 지내다가 이제 웃음꽃이 피었습니다.

모두 행복하게 지내던 며칠 뒤였습니다. 갑자기 엄마 개미가 소리쳤습니다.

"애들아, 큰일났어. 철이 철이가…."

엄마 개미는 너무 놀라서 말까지 더듬었습니다.

"응, 무슨 일이에요?"

"또 철이가 왔어. 빨리 안으로 숨어."

"으악, 무서워!"

"어떡해, 어떡해!"

철이와 송이가 할머니를 따라서 또 밭에 온 것입니다. 똘이 개미 가족은 비상이 걸렸습니다. 모두 바닥에 납작 엎드려서 덜덜 떨며 숨을 죽이고 있었습니다. 엄마 개미는 똘이 개미를 꼭 안고 있었습니다.

그때였습니다.

송이가 조심스럽게 다가와서 말을 걸었습니다.

"개미들아 잘 있었니? 저번에 정말 미안해. 많이 놀랐지?

개미 가족은 송이가 하는 이야기를 숨죽이며 듣고 있었습니다.

"오늘 철이가 사과하러 왔어."

그러자 뒤에 있던 철이가 앞으로 나오며 작고 떨리는 목소리로 말했습니다.

"개미들아 정말 미안해. 그동안 반성 많이 했어. 내가 장난치는 것 때문에 너희들이 죽을 수도 있다는 걸 몰랐어."

철이가 말을 하다 잠시 멈추었습니다. 눈물이 나려는 걸 겨우 참고 다시 말을 이어갔습니다.

"다시는 안 그럴게. 정말 미안해."

그러더니 주머니에서 갑자기 무엇을 꺼냈습니다.

"내가 사과의 뜻으로 선물을 가져왔어. 우리 앞으로 좋은 친구로 지내자."

철이는 아빠가 주신 용돈을 아껴서 과자와 사탕을 사서 가져왔습니다.

개미들에게 미안한 마음을 가득 담아서 개미집 앞

에 조심스럽게 놓았습니다.

송이가 옆에서 미소 띤 얼굴로 바라보았습니다. 할머니께서는 철이 머리를 쓰다듬어 주셨습니다.

똘이 개미 가족들은

"휴우!"

라고 안도의 숨을 내쉬었습니다. 철이의 진심어린 사과에, 그동안 원망했던 마음이 사르르 녹았습니다.

"그래, 우리 앞으로 좋은 친구로 지내자."

똘이 개미도 철이를 용서하며 앞으로 친구로 지내기로 했습니다.

"영차, 영차!"

"아이, 무거워."

"그래도 신나는걸!"

개미 마을 사람들이 모두 힘을 모아 과자와 사탕을 개미집으로 옮겨 갔습니다. 잠시 후에 개미 마을이 들썩들썩했습니다.

철이가 가져온 선물로 파티를 열었기 때문입니다.

똘이 가족들과 개미 마을 웃음소리가 아주 멀고 먼 산까지 메아리치며 날아갔습니다.

제3편

현이 친구

제3편

현이 친구

현이 친구

점심시간입니다.

현이가 학교 운동장 구석에 있는 아름드리 큰 느티나무 아래 앉아서 개울을 바라보고 있습니다. 개울에 돌을 하나씩 던져봅니다. 바람이 휙 스치고 지나갔습니다. 나뭇잎 하나가 떨어지며 빙그르르 돌다가 징검돌에 내려앉았습니다.

현이가 그 모습을 바라보다 하늘을 한 번 바라봤습니다. 하이얀 구름이 엄마 얼굴처럼 보였습니다.

엄마가 보고 싶어서 벌떡 일어났습니다. 개울 쪽으로 걸어가서 징검돌 위에서 폴짝폴짝 뛰었습니다.

"아이쿠!"

갑자기 기우뚱했다가 일어나서 겨우 중심을 잡았

습니다. 미끄러워져서 하마터면 넘어질 뻔했습니다.

"휴우!"

다시 학교 느티나무 아래로 돌아왔습니다. 놀랐던 가슴을 진정시키고 있는데 5교시 수업 시작종이 울렸습니다.

작년 여름에 엄마, 아빠하고 물놀이를 갔던 일이 생각났습니다. 언제부터인지 엄마, 아빠가 큰 소리로 자주 다투셨습니다. 그럴 때마다 마음이 불안해졌습니다. 그러면 밖에 나가서 친구들이랑 신나게 축구를 하고 오면 잊어버리곤 했습니다.

가만히 있어도 땀이 줄줄 흐르던 어느 날, 친구들이 물놀이를 다녀와서 자랑을 했습니다. 현이는 부러워서 엄마한테 투덜거렸습니다.

"친구들은 전부 다 물놀이 가는데, 나는 이게 뭐야. 엄마, 아빠는 맨날 싸움만 하고…."

"그래. 미안하다."

엄마가 미안하다고 하시고 며칠 뒤였습니다.

“우리 이번 주말에 물놀이 갈까?”

엄마가 갑자기 물놀이를 가자고 하셨습니다. 신이
나서 환호성을 질렀습니다.

“야호, 신난다!”

드디어 계곡에 도착했습니다. 현이는 옷을 갈아입
자마자, 학교에서 배운 준비운동을 대충하고 물로
뛰어들려고 했습니다.

엄마는 햇볕이 너무 뜨거우니까 그늘에서 쉬면서
간식도 먹고 조금 쉬었다가 들어가라고 했습니다.

“싫어, 빨리 들어갈래.”

현이는 지금 들어가겠다고 고집을 부렸습니다.

그때였습니다. 아빠가 갑자기 엄마를 향해서 버럭
소리를 질렀습니다.

“잔소리 그만하고 애 좀 가만히 놔둬.”

그러자 엄마도 큰 목소리로 말했습니다.

“뭐야? 내 말이 틀렸어?”

“맞고 틀리고가 뭐가 중요해. 현이가 들어가고

89

싶다고 하잖아.”

“당신은 그게 문제야. 내 말을 항상 무시해.”

“내가 언제 무시했다고 그래?”

“내 말 들은 적 있어? 사업만 해도 그래. 내 말
들었으면 이 꼴 안 났지.”

급기야 엄마 아빠 목소리가 점점 커지더니 싸움이
커졌습니다. 현이가 깜짝 놀라서 보니 벌써 두 분이
얼굴이 빨개진 채 화가 많이 나 있었습니다.

현이는 고집부린 것을 반성했지만 이미 때가 늦었
습니다.

물놀이 가서 다툰 뒤로 부모님의 사이는 더 많이
나빠졌습니다. 엄마 아빠가 심각하게 이야기를 나누
던 어느 날, 두 분이 현이를 불렀습니다.

“현아, 엄마 아빠가 할 이야기가 있어.”

현이는 가슴이 쿵 했습니다. 왠지 안 좋은 느낌이
들었습니다.

“무슨 이야기요?”

"응 그러니까 저기….”

엄마는 말을 하지 못하고 눈물을 글썽였습니다. 그러자 아빠가 말씀을 하셨습니다.

"사실은 엄마 아빠가 당분간 떨어져 지내기로 결정했어.”

"예? 왜요?”

현이는 두 분이 사이가 안 좋아서 자주 다투는 것을 봤지만 그래도 충격이었습니다.

"자꾸 다투니까 당분간 좀 거리를 두고 사는 것이 좋을 것 같아서….”

"그럼 어떡해요?”

"그래, 네가 걱정이구나. 그동안 시골 할아버지 댁에서 지내야 할 것 같다.”

현이는 순간 '안돼요! 싫어요!’ 말이 푹 튀어나올 것 같았지만 꿀꺽 삼켰습니다. 현이가 두 분 사이를 이렇게 만든 것 같아서였습니다.

현이는 눈물이 나려는 것을 꾹 참으며 말했습니다.

"네, 알았어요.”

현이는 시골 할아버지 댁으로 전학을 오게 되었습니다. 시골 학교의 친구들은 아주 착했습니다. 선생님도 좋은 분이었습니다. 모두 친절했습니다.

그런데 현이는 별로 기쁘지 않았습니다. 어려서부터 같이 놀던 도시 친구들하고 엄마 아빠 생각만 간절할 뿐이었습니다.

'엄마 아빠하고 언제 같이 살지?'

오직 이 생각뿐이었습니다. 휴대폰이 있었지만 자주 전화를 할 수는 없었습니다. 엄마 아빠는 교대 근무를 하시느라 근무 시간이 들쭉날쭉하기 때문입니다.

부모님께 전화 오면 아무렇지 않은 것처럼 받았지만, 엄마 아빠 생각을 하면서 갑자기 울컥하고 눈물이 쏟아질 때가 많았습니다.

현이는 아이들하고 함께 있지 않으려고 했습니다. 창피해서 친구들에게 우는 모습을 들키지 않기 위해서였습니다.

점심시간입니다.

현이가 혼자 터덜터덜 느티나무로 걸어오고 있습니다. 잎사귀가 풍성한 느티나무 아래 털썩 주저앉아서 하늘을 바라보았습니다. 미세먼지 없는 하늘이 깨끗했습니다.

하늘 높이 비행기가 날아가는 것이 보였습니다. 엄마가 더 보고 싶어졌습니다. 몇 년 전에 부모님하고 비행기 타고 해외 갔던 일이 떠올랐습니다. 그때는 즐거웠는데 어쩌다 이렇게 됐는지 슬퍼졌습니다.

그때였습니다.

나무 옆의 도서관 처마 밑에 뭐가 '반짝' 하고 빛나는 것이었습니다. 무엇인지 궁금해서 가까이 가서 자세히 보았습니다.

아주 작은 무당거미가 거미줄에 매달려 있었습니다. 아주 작은 거미가 있었습니다.

현이는 깜짝 놀라서 도망갔습니다. 거미가 무서웠기 때문입니다.

95

학교 화단에 화사한 철쭉꽃이 피었습니다. 철쭉꽃에 꿀벌이 앉아서 꿀을 먹고 있습니다. 어두컴컴한 구석에 아기 거미가 거미줄에 매달려 있다가 꿀벌에게 말을 걸었습니다.

"꿀벌아, 맛있니?"

"응, 아주 맛있어! 너도 와서 함께 먹자."

"나는 못 날아가. 날개가 없잖아."

바람이 심심하게 혼자 놀고 있는 아기 거미에게 인사를 했습니다. 거미줄이 바람에 가볍게 흔들렸습니다.

"아가야, 안녕?"

엄마 거미가 먹을 것을 구하러 간 사이에 혼자 놀던 아기 거미는 투덜거렸습니다.

"이게 뭐야! 아이 짜증 나."

바람이 물었습니다.

"아가야, 무슨 일 있어? 기분이 안 좋게 보이는구나."

"짜증 나요."

"짜증 나? 왜?"

"이곳이 싫단 말이에요."

"이곳이 왜 싫어?"

"그냥 다 싫어요."

아기 거미는 새까만 거미줄을 발로 툭툭 차면서 짜증을 냈습니다. 아기 거미는 꿀벌이 부러웠습니다. 그래서 날마다 불평을 하고 투덜거렸습니다.

꿀벌은 예쁘게 생겨서 예쁜 꽃집에서 달콤한 꿀을 먹고 사는데, 어두컴컴한 구석의 새카만 거미줄에 매달려서 파리, 모기나 잡아먹고 사는 자신이 초라한 생각이 들었기 때문입니다.

화단의 철쭉꽃 아가씨가 아기 거미의 투덜거리는 소리를 들었습니다. 마음씨 착한 철쭉꽃 아가씨가 아기 거미에게 꽃 선물을 해주고 싶었습니다. 하지만 꽃을 운반할 좋은 방법이 생각나지 않았습니다.

어느 날이었습니다.

바람이 살랑살랑 불어왔습니다.

'그래, 바람 아저씨한테 부탁하면 되겠구나.'

철쭉꽃 아가씨가 바람 아저씨를 불렀습니다.

"바람 아저씨!"

"네, 철쭉꽃 아가씨."

"아저씨께 부탁이 있는데 말씀드려도 될까요?"

"그럼요, 편하게 말씀하세요. 무엇을 도와 드릴까요? "

"제 꽃으로 아기 거미의 집을 꾸며 주고 싶은데 도와주시겠어요?"

바람 아저씨가 기쁘게 말했습니다.

"그거야 쉬운 일이지요. 암요, 그러고 말고요."

바람이 철쭉꽃을 거미줄로 옮겨줬습니다. 철쭉꽃으로 화사하게 방이 꾸며지자 아기 거미 기분이 많이 좋아졌습니다.

"야호, 신난다! 고맙습니다."

아기 거미가 환호성을 지르며, 너무 기뻐서 뛰는 바람에 거미줄이 휘청거렸습니다. 그래도 마냥 신이 났습니다.

며칠 시간이 흘렀습니다.

아기 거미집의 철쭉꽃이 점점 시들더니 땅으로 하나둘 떨어졌습니다. 다시 캄캄하고 어두운 거미줄만이 덩그러니 남게 되었습니다.

"아이 지겨워, 이 집에서 정말 살기 싫어."

아기 거미는 다시 짜증이 올라오기 시작해서 그전보다 더 투덜거리기 시작했습니다.

며칠 뒤, 무당거미를 봤던 자리에 도착하자 현이의 발이 저절로 멈춰졌습니다. 오늘도 아기 거미 혼자 놀고 있었습니다.

오늘은 무섭지 않았습니다. 신기해서 천천히 바라보았습니다.

아기 거미는 도망갈 생각도 하지 않고 현이를 빤히 쳐다봤습니다. 그 모습이 현이를 반가워하는 것처럼 보였습니다.

그때부터였습니다.

현이는 날마다 아기 거미를 보러 찾아왔습니다. 아기 거미에게 이름도 지어줬습니다. 그것은 바로 '꽃님'이었습니다. 처음에는 무서웠는데 시간이 갈수록 예쁘게 보여서입니다.

꽃님이를 보고 집으로 혼자 갈 때 너무 쓸쓸한 기분이 들었습니다. 저녁에도 꽃님이랑 함께 있고 싶어졌습니다.

"그래, 좋은 생각이 났어."

현이는 갑자기 기분이 좋아졌습니다.

다음날 집에서 유리병 하나를 가지고 학교에 갔습니다. 그리고 유리병 속에 아기 거미를 넣어서 집으로 가져왔습니다.

집에 도착해서 아기 거미를 크고 편안한 상자 속에 넣어서 방에 숨겼습니다. 아기 거미는 기분이 좋았습니다. 현이 방에서 맛있는 것을 먹으면서 편하게 지낼 수 있게 된 것입니다.

현이도 아기 거미를 방으로 데려온 뒤에 얼굴이 밝아졌습니다. 아침에 일어나면 제일 먼저 아기 거미에게 인사를 했습니다. 학교에 갈 때도 아기 거미에게 다정하게 말했습니다.

"꽃님아! 잘 지내고 있어. 빨리 갔다 올게."

그리고 집에 오면 제일 먼저 아기 거미에게 달려와서 인사를 했습니다. 현이와 아기 거미는 소중한 친구가 되었습니다.

아기 거미는 기분이 좋았습니다.

그런데 어느 때부터인지 아기 거미는 엄마가 보고 싶어졌습니다. 그러면서 점점 슬퍼지기 시작했습니다.

그러던 어느 날, 아기 거미는 엄마가 보고 싶어서 '엉엉!' 울기 시작했습니다. 하지만 현이는 아기 거미의 울음소리를 들을 수가 없었습니다.

현이가 점심시간에 거미줄 옆을 지나는데 구슬픈 울음소리가 들렸습니다. 울음소리 나는 방향을 바라보니 아기 거미가 있던 거미줄에 큰 무당거미가 울고 있었습니다. 현이는 궁금해서 처음 보는 무당거미에게 다가가서 물었습니다.

"거미야, 왜 울어?"

그러자 잠시 울음을 그치더니 슬픈 목소리로 대답했습니다.

"우리 아기가 없어졌어요. 제발 우리 아기를 찾아 주세요."

엄마 거미의 목소리가 너무 슬프게 들렸습니다. 엄마 거미는 눈물을 줄줄 흘리고 있었습니다. 현이도 마음이 함께 슬퍼졌습니다.

그런데 이상한 생각이 들었습니다. 거미의 울음소리를 듣고, 말까지 알아들을 수 있어서 깜짝 놀랐습니다.

"응? 내가 거미 말을 알아듣네?"

눈을 번쩍 떴습니다. 꿈이었습니다.

할아버지 몰래 방 한쪽에 숨겨놓은 상자를 열어보니 잠도 안 자고 버둥거리고 있는 아기 거미가 보였

습니다. 그동안 아기 거미가 잘 지내고 있는지 알았
는데 잠을 못 자고 있었던 것입니다.

"꽃님아, 미안해. 나는 네가 힘들어 하는걸 몰랐
어."

현이도 미안해서 잠이 오지 않았습니다.

현이는 아기 거미가 든 상자를 들고 다른 날보다
아침 일찍 학교로 향했습니다.

거미줄에는 엄마 거미가 애타게 아기 거미를 기다
리고 있었습니다. 아기 거미를 거미줄에 놓아주자,
엄마 거미와 아기 거미가 반가워서 끌어안고 울었습
니다.

"엄마!"

"아가야!"

거미를 보며 현이도 미안해서 차가운 볼로 눈물이
주르륵 흘렀습니다.

"내가 꽃님이를 엄마한테서 떼어놓았구나. 정말
미안해."

그리고 며칠 뒤 휴일이었습니다. 엄마가 아빠랑 함께 시골집에 오셨습니다.

"엄마, 아빠!"

현이는 엄마 아빠한테 덥석 안겼습니다.

"그래 우리 현이 잘 지냈니? "

엄마하고 아빠는 현이를 안으며 눈물을 글썽이셨습니다. 그리고 엄마 아빠가 함께 할아버지께 무릎을 꿇고 말씀드렸습니다.

"아버님 걱정시켜 드려서 죄송합니다. 현이 데려가려고 왔어요."

"이제 둘이 화해 한거냐?

"네, 앞으로 현이 데리고 잘 살게요."

할아버지가 기쁜 표정으로 말씀하셨습니다.

"그래, 잘했다. 앞으로는 다투지 말고 현이 잘 키우면서 행복하게 살아라."

"네. 아버님 그동안 현이 잘 돌봐주셔서 감사합니다."

엄마가 현이에게 말했습니다.

"이제 집으로 가자. 그동안 미안해. 앞으로 행복하게 살자."

현이는 엄마가 혹시 또 떼어놓고 갈까 봐서 엄마 손을 꼭 붙잡고 있었습니다.

"괜찮아. 앞으로 우리 집에 가서 함께 살 거야. 차에 타자."

엄마 손을 잡고 차를 타더니 현이가 말했습니다.

"잠시만 학교 들렀다 가요! 친구 만나고 가야해요."

"응? 오늘 학교 쉬는 날인데?"

엄마 아빠는 고개를 갸우뚱하며 말씀하셨습니다. 그러자 똘이는 웃으며

"쉬는 날에도 그 친구는 학교에 있어요."
라고 말했습니다.

드디어 학교에 도착했습니다. 현이가

"꽃님아!"
라고 소리치더니 거미집으로 달려갔습니다.

"꽃님아, 나 이제부터 엄마, 아빠랑 살아. 너도 엄마랑 잘 지내."

현이는 거미한테 손을 흔들며 아쉬운 작별 인사를 했습니다. 그리고 떨어지지 않는 발걸음으로 차에 올랐습니다. 드디어 차가 출발을 했습니다.

"꽃님아!"

꽃님이를 부르며 현이 눈에서 눈물이 또르르 굴러 떨어졌습니다. 엄마가 눈물 흘리는 현이를 안아주셨습니다. 운전하시며 아빠가 다정하게 말씀하셨습니다.

"그동안 정이 많이 들었구나. 앞으로 할아버지 댁에 자주 오자. 할아버지도 뵙고 꽃님이도 만나러…."

"네, 아빠!"

점점 멀어져가는 차 뒷모습을 아기 거미와 엄마 거미가 손을 흔들며 배웅을 했습니다. 따사로운 햇살에 엄마와 아기 무당거미의 등이 환하게 꽃처럼 반짝이며 빛났습니다.

4편
약속

4편
약속

약속

바람이 불자 아름드리 벚나무에 매달린 몇 개의 잎이 발아래로 떨어졌습니다. 앙상한 벚나무를 바라보던 준석이가 목을 움츠렸습니다.

운동장 한쪽에서 기둥을 칭칭 감고 올라간 등나무가 마치 아빠 장딴지 핏줄 같았습니다.

11월이 저물어가는 돌의자에 앉은 엉덩이가 차가웠습니다. 아빠한테 뭐라고 말을 해야 할지 아무리 생각해 봐도 좋은 방법이 떠오르지 않았습니다.

종례 시간에 담임선생님이 나눠 준 시험지를 보여 줄 엄두가 나지 않았습니다. 학년 초에도 시험을 망쳐 아빠한테 꾸중을 들었습니다. 학년 말에는 성적을 올리겠다고 약속했는데 이번에도 안 좋은 점수를

받았습니다. 운동장에는 어둠이 내려오기 시작했습
니다.

"여기에서 뭐하니?"

고개를 들어보니 세나였습니다.

"응, 그냥!"

세나가 준석이 옆에 앉습니다.

"왜 그렇게 기운이 없어?"

"세나야?"

"응?"

"나 어떡하냐?"

"뭘?"

"시험!"

"못봤어?"

"그래. 아빠한테 뭐라고 하지?"

"…"

"시험지 안 나눠줬다고 할까?"

"앞으로 열심히 하겠다고 말씀드려야지."

"지난번에도 약속했는데….."

"결심을 굳게 하고 다시 시작하는 거야!"

"그래도 그렇지."

"거짓말은 안 돼!"

이때였습니다.

"너희들 여기서 뭐하냐?"

같은 마을에 사는 불량 패거리들이 준석이와 세나를 빙 둘러싸더니 시비를 걸었습니다.

"이야기 하는데….

세나가 대답했습니다.

"이야기 좋아하시네."

패거리 대장이 비웃었습니다.

"왜 그러는거야?"

준석이가 쏘아 붙였습니다.

"엇쭈! 하룻강아지 범 무서운 줄 모르네."

갑자기 준석이를 세게 밀었습니다. 준석이가 뒤로 넘어지면서 엉덩방아를 찧었습니다.

깜짝 놀란 세나가

"무슨 짓이야? 동생한테."

"이 새까만 애가 동생이야? 하하."

불량 패거리들이 소리 내서 크게 웃으며 준석이를 새까맣다고 놀렸습니다. 준석이 얼굴이 다른 애들보다 까맣기 때문입니다.

준석이 엄마와 아빠는 국제결혼을 하셨습니다. 준석이 엄마는 외국 먼 나라에서 오셨습니다. 준석이의 크고 맑은 눈망울은 엄마를 닮고, 웃을 때 생기는 보조개는 아빠를 닮았습니다. 잘생기고 키가 큰 준석이를 아이들이 모델 같다고 부러워했습니다. 그런데 불량 패거리들은 준석이 피부가 검다고 놀렸습니다.

뒤로 넘어지면서 땅을 짚은 준석이 손바닥에서 피가 흘렀습니다. 세나가 깜짝 놀라서 말했습니다.

"어머, 어떡해!"

"괜찮아. 세나야."

준석이가 눈물을 닦으며 불량 패거리들을 노려보았습니다.

"엇쭈! 쳐다보면 어쩔건데!"

불량 패거리들이 또 준석이를 밀치려 하자 세나가 재빨리 준석이 앞을 막으면서 말했습니다.

"자기보다 약한 사람을 괴롭히는 것은 나쁜 거야!"

불량 패거리들이 가소롭다는 듯이

"푸하핫."

큰소리로 웃으며 돌아갔습니다. 준석이는 씩씩하게 자신의 편을 들어준 세나가 고마웠습니다.

세나는 작년 봄에 서울에서 전학을 왔습니다. 첫 인사를 할 때 또랑또랑한 말과 자신감 있는 태도가 멋지게 보였습니다.

공부도 잘했습니다. 수업시간에 세나가 선생님의 질문에 모두 대답을 했습니다. 모르는 것이 없었습니다. 시험을 보면 1등을 했습니다. 세나는 반에서 인기가 최고였습니다.

세나는 할머니와 둘이 살고 있습니다. 몇 년 전에 엄마가 돌아가셨습니다. 엄마는 아침저녁으로 잔기

침을 하더니 입원을 하셨습니다.

어느 날인가 선생님께서 세나를 부르시더니 얼른 병원에 가보라고 조퇴를 시켜주셨습니다. 영문도 모른 채 병원에 도착하자 아버지의 두 눈이 팅팅 부어 있었습니다.

어머니가 돌아가신 것입니다. 세나는 머릿속이 까매졌습니다. 세나는 엄마가 무슨 병으로 돌아가셨는지 모릅니다. 아버지는 엄마의 병을 알려주지 않았기 때문입니다. 언젠가 엄마한테 어디가 아프냐고 물었습니다.

"세나야! 너는 몰라도 돼."

"왜요?"

세나가 따지듯이 물었습니다. 엄마는 괜찮으니 걱정하지 말고 공부를 열심히 하라고 했습니다.

세나는 엄마와 아빠가 엄마의 병을 숨긴다고 생각했습니다.

"엄마는 곧 퇴원할 거야. 너는 공부 잘하는 것이

엄마를 제일 기쁘게 하는 거야!"

"그렇지만 저도 알아야잖아요!"

아빠는 결심한 듯이 입을 열었습니다.

"세나야 놀라지 마라."

"엄마는 암이란다."

"암요? 무슨 암이요?"

"폐암이란다."

세나는 할 말을 잃었습니다.

그런 일이 있었던 것이 엊그제인데 엄마가 돌아가신 것입니다. 영안실 앞 복도에서 아빠가 내민 것은 엄마의 목걸이와 팔찌였습니다.

"엄마의 유품이다. 엄마가 너를 주라고 하셨어!"

목걸이에는 엄마 아빠 세나가 함께 찍은 사진이 하트모양의 케이스에 넣어져 있었습니다.

그때부터 세나는 엄마가 보고 싶을 때는 목걸이의 사진을 꺼내 봤습니다. 환하게 웃고 계시는 엄마가 세나에게 힘내라고 말씀하시는 것 같았습니다.

123

2학기가 끝날 무렵이었습니다. 저녁을 먹고 나자 아빠가 세나에게 이야기 좀 하자고 했습니다. 아빠가 세나의 손을 잡더니

"세나야! 미안한데…."

아빠의 표정이 굳어졌습니다. 불안한 생각이 들었습니다.

"…"

"세나야! 할머니 댁에 가서 살면 안 되겠니?"

"왜요? 싫어요!"

세나는 한 마디로 거절했습니다.

"아빠도 힘들고 너도 힘들지 않니? 아빠가 출근하면서 밥하고 빨래하고 청소하는 것도 그렇고…."

"제가 다 할게요."

말은 그렇게 했지만 세나는 자신이 없었습니다. 자기 방으로 온 세나는 이불을 뒤집어쓰고 엉엉 울었습니다. 거실에 있는 텔레비전 소리가 크게 들렸습니다. 아빠의 흐느끼는 소리도 들려왔습니다.

세나는 준석이 손바닥 피를 닦아주었습니다.

"준석아 많이 아프지?"

"괜찮아 이까짓 거 아무 것도 아냐! 내 편 들어줘서 고마워."

준석이는 고맙다고 세나에게 인사를 했습니다.

"우리는 한편이잖아."

세나가 웃으며 대답했습니다. 준석이가 세나에게 뜬금없이 물었습니다.

"세나야, 너는 어떻게 해서 공부를 잘해?"

"책을 많이 읽고 선생님 설명을 잘 들으면 돼."

"그렇구나."

"공부시간에 엉뚱한 생각 하지 말고."

"내가 그러는 것을 어떻게 알았어?"

"진즉 알고 있었어. 말할 기회가 없었어."

준석이는 세나가 자기의 마음을 꿰뚫고 있는 것 같아 부끄러운 생각이 들었습니다.

"세나야, 공부 잘하는 네가 부러워."

"준석아, 너는 글짓기를 잘하잖아! 네가 부러워."

"…"

"선생님께서도 네 글짓기 실력은 알아주잖니?"

"우리 아빠는 글짓기에는 관심이 없어. 시험을 잘 봐서 점수를 잘 받아야 한다고 생각하시거든."

"부모님들은 대개 그렇게 생각하시는 것 같아. 주위 사람들이 모두 공부, 공부! 하니까."

"나도 아빠의 마음을 이해해. 근데 공부를 잘하고 싶어도 잘 안 돼."

준석이의 큰 눈에 잠시 저녁놀이 스쳐갔습니다.

이제까지 준석이는 혼자 지냈습니다. 서울에서 전학 온 세나하고 친구가 되고 함께 공부를 하며 어느새 준석이 실력이 쑥쑥 올라갔습니다.

"세나야, 나 성적이 많이 올라서 아빠한테 칭찬받았어. 모두 네 덕분이야. 고마워."

"아니야. 네가 열심히 공부해서야."

"그런데 오늘 낮에 너희 할머니 학교에 오셨던데 무슨 일 있어?"

"아니야."

세나가 하늘을 봅니다. 하늘에는 초저녁 별이 떠 있습니다.

"준석아. 별 좀 봐."

"별?"

"응!"

"할머니가 오늘 학교에 왜 오셨어?"

준석이가 궁금해서 또 물어봤습니다.

"저 많은 별 중에서 우리의 별은 어떤 별일까?"

세나의 엉뚱한 대답에 준석이는 더 궁금해졌습니다. 세나가 준석이를 돌아 봤습니다.

"준석아, 이것 받아!"

세나가 팔목에 차고 있던 팔찌를 빼서 준석이 손에 쥐어주었습니다. 팔찌가 준석이 손바닥 안에서 하늘의 별처럼 반짝반짝 빛났습니다.

준석이는 어리둥절했습니다.

"세나야, 왜 그래?"

"준석아. 나 서울로 다시 전학 가. 내일!"

"내일?"

"그래, 할머니가 낮에 학교에 오신 것은 담임선생님께 전학 간다고 말씀드리러 온 거야."

세나는 아빠랑 할머니와 함께 서울에서 살거라고 했습니다. 세나의 말을 듣는 순간 준석이는 숨이 턱 막혔습니다. 갑자기 밤하늘에서 별들이 우수수 떨어졌습니다.

"이 팔찌 너에게 맡길게!"

"..."

"열심히 공부해서 훌륭한 사람이 되어서 만나자. 그동안 잘 간직하고 있어."

떨리는 목소리로 말하는 세나 이야기를 들으면서 준석이의 가슴이 먹먹해졌습니다. 세나가 준석이의 손을 꼭 잡았습니다.

밤하늘에서 보고 있던 세나의 별과 준석이의 별도 눈물이 그렁그렁했습니다.

5편
민서에게 생긴 일

5편
민서에게 생긴 일

민서에게 생긴 일

"민서야, 이곳에서 6개월만 지내봐."

농촌유학센터에 함께 오신 엄마가 민서에게 말씀하셨습니다. 이곳은 서울에서 살던 민서가 처음 와 본 고장입니다.

"그럼, 딱 6개월만이에요."

민서가 힘있게 말하며 다시 한 번 엄마한테 다짐을 받았습니다. 부모님 따라서 얼떨결에 오긴 왔는데 낯설기만 합니다. 농촌유학센터에 있던 초등학생친구들과 중학생 형과 누나들이 웃으며 반갑게 맞이해줬습니다.

"반가워. 우리 잘 지내자."

민서를 처음 봤는데 친절하게 맞이해줬습니다.

서울에 있는 집에는 2주에 한 번씩 갈 수 있다고 했습니다. 단체 생활하는 것이 걱정이었는데 조금은 마음이 놓였습니다.

"휴우!"

그래도 왠지 한숨이 나왔습니다.

다음 날 아침, 센터장님과 함께 학교에 갔습니다. 건물은 서울 학교보다 작았습니다. 그런데 큰 나무가 많고 화단에 예쁜 꽃이 가득했습니다. 운동장이 깨끗하고 넓은 것도 마음에 들었습니다.

교무실에서 교감선생님과 교장선생님께서 반갑게 맞이해주셨습니다.

"어서 와요. 반가워요."

학교에서 마주치는 선생님들께서도

"전학오는 어린이구나. 반가워."

라고 모두 친절하게 맞이해주셨습니다.

"여러분, 오늘 서울에서 전학온 새 친구예요. 앞으로 사이좋게 지내도록 해요."

담임선생님의 소개에 친구들이 모두 박수치며 환영했습니다. 민서까지 반 아이들이 다섯 명이었습니다. 착하게 생긴 아이들을 보면서 이곳에선 사이좋게 잘 지낼 수 있을 것 같은 생각이 들었습니다.

"민서야, 천천히 먹어. 그렇게 빨리 먹다 체할라."

급식실에서 밥을 너무 빨리 먹는 민서를 보고 담임 선생님이 걱정하시며 말씀하셨습니다.

"급식이 너무 맛있어서요."

민서가 허겁지겁 밥을 먹으며 대답했습니다. 그리고 밥을 한 번 더 달래서 또 먹었습니다. 밥 먹는 속도가 빨라서 민서가 밥을 다 먹었을 때 친구들은 아직 반절도 먹지 않은 상태였습니다.

5교시 수업시간이었습니다.

"아이, 배야. 선생님 배 아파요."

민서가 갑자기 배가 아프다고 했습니다.

"점심시간에 너무 급하게 많이 먹더니 배탈 났나 보다. 빨리 보건선생님께 가보는 것이 좋겠다."

민서는 보건실로 갔습니다.

"선생님, 배 아파요."

"응, 어서 와. 어느 부위가 아파?"

보건 선생님이 침대에 눕히고 배를 누르며 진찰을 해보시고 약을 주셨습니다.

"자, 이 약을 먹고 침대에 좀 누우렴."

약을 먹고 침대에 누웠습니다. 선생님이 빨간 불빛이 나오는 치료기로 배를 향해 켜주셨습니다. 불빛이 닿으면서 배가 점점 따뜻해졌습니다. 그러더니 잠이 스르르 왔습니다.

"민서야!"

눈을 떴습니다.

"이제 좀 어때?"

자고 일어나보니 배 아픈 것이 다 나았습니다.

"네, 선생님. 이제 하나도 안 아파요."

"그래, 다행이야. 이제 공부할 수 있겠어?"

"네. 다 나았어요."

"민서야, 앞으로는 적당한 양을 꼭꼭 씹어서 천

천히 먹으면 좋겠어. 그래야 소화가 잘되고 배가 안 아프단다."

"네. 그럴게요. 선생님!"

민서는 다정하게 말씀하시는 보건 선생님께 인사를 꾸벅하고는 교실로 갔습니다.

다음 날, 보건 수업 시간이었습니다.

보건 선생님이 들어오시며 말씀하셨습니다.

"애들아, 안녕?"

"선생님, 안녕하세요?"

아이들도 무척 반가워하며 인사했습니다. 그때 민서가 불쑥 이야기했습니다.

"선생님, 배 고파요."

그러자 다른 아이들도 모두 따라서 한마디씩 했습니다.

"저도요. 저도요."

"그래? 잠시만 기다려. 내가 초콜릿 가져올게."

보건 선생님은 초콜릿을 가져오셔서 아이들에게

나눠주셨습니다.

"우와, 맛있는 초콜릿이다. 감사합니다."

"배 고프니까 지금 먹어요."

"정말요?"

"응, 어서 먹어."

"보건 선생님이 착하셔서 참 좋아요."

민서가 말하자 아이들도 고개를 끄덕였습니다. 보건 선생님은 웃으시며 말씀하셨습니다.

"저번 시간에 양성평등에 대해서 배웠죠? 오늘은 응급처치법에 대해서 공부하기로 해요. 그런데 무엇을 응급처치라고 할까요?"

한 아이가 대답했습니다.

"갑자기 다치거나 아플 때 치료하는 것이요."

이 대답을 듣고 보건 선생님이 말씀하셨습니다.

"그래요. 좀 더 자세히 설명하면, 다친 사람이나 급성질환자에게 사고 현장에서 즉시 조치를 취하는 것을 말해요. 그럼 생명과 관련되어서 제일 중요한 응급처치법은 뭐가 있을까요?"

"심폐소생술이요."

"그래요. 참 잘 맞췄어요. 심정지가 일어날 때 실시하는 심폐소생술이에요. 그럼 심정지가 제일 많이 발생하는 장소가 어디일까요?"

"바다요."

"길이요."

"계곡이요."

아이들의 대답이 끝나자, 보건 선생님이 고개를 좌우로 흔들며 말씀하셨습니다.

"아녜요. 시간을 줄테니 좀 더 생각해봐요."

그때 한 아이가 말했습니다.

"혹시 집이에요?"

"그래요. 우리가 집에 있는 시간이 제일 많죠? 심정지가 제일 많이 일어나는 곳은 바로 집이에요."

"집이요?"

아이들은 의외라는 표정으로 선생님을 바라봤습니다. 보건 선생님께서 이어서 설명해주셨습니다.

"오늘은 소중한 생명을 살릴 수 있는 심폐소생술

143

에 대해서 배워보기로 해요. 심폐소생술은 골든타임이 4분이에요. 늦게 하면 뇌사 상태가 돼요. 그래서 심장이 멈추면 빨리 발견해서 일찍 실시하는 것이 중요해요."

선생님은 심폐소생술에 대해서 이론을 설명해주시고 애니 인형으로 직접 시범을 보이며 가르쳐 주셨습니다.

"자, 이제 한 명씩 나와서 해보기로 해요."

아이들이 한 명씩 애니 인형에 직접 실습을 했습니다. 심폐소생술이 가족을 비롯하여 소중한 생명을 살릴 수 있다는 말에, 아이들은 실제로 하는 것처럼 진지하게 한 명씩 열심히 했습니다.

점심시간이 되었습니다. 아이들이 우르르 보건실로 몰려갔습니다. 민서도 무슨 일인지 모르지만 덩달아서 따라갔습니다.

"선생님, 키 재러 왔어요."

"응, 어서 와. 자, 한 명씩 올라가자."

아이들은 한 명씩 키를 재러 올라갔습니다. 그런데 몸무게도 함께 나왔습니다. 보건 선생님은 친절하게 한 명씩 모두 재 주셨습니다.

아이들은 키를 재면서 어제보다 더 컸다고 좋아하는 애도 있고 어제하고 똑같다고 시무룩한 아이도 있었습니다. 뒤에 가만히 서 있는 민서에게 아이들이 말했습니다.

"민서야, 너도 재봐."

"싫어. 나는 안 잴래."

"왜? 키 안 궁금해?"

"나는 안 궁금해."

민서는 키 재는 아이들을 보다가 조용히 보건실을 나와서 화장실로 갔습니다. 화장실 거울에 보이는 자신의 몸을 보면서 우울한 기분이 들었습니다. 턱이 두 개인 얼굴과 볼록한 배를 보며 한숨을 쉬었습니다.

서리가 내리더니 갑자기 추워졌습니다. 이곳은 산

골 마을이라 그런지 추운 겨울이 빨리 왔습니다.

"우와, 첫눈이다!"

수업시간에 한 친구가 창밖을 보더니 소리쳤습니다. 선생님과 아이들이 모두 창밖을 보니 함박눈이 펑펑 쏟아지고 있었습니다. 어찌나 눈이 많이 오는지 운동장에 수북하게 쌓이기 시작했습니다. 하늘에서 내리는 눈송이가 커갈수록 아이들은 자꾸 창밖을 보느라 제대로 공부를 하지 않았습니다.

"자, 애들아, 선생님 봐야지."

선생님은 칠판에 수학 문제를 설명하다 아이들을 불렀습니다. 아이들은 창밖으로 정신이 팔려 제대로 선생님 설명이 들리지 않았습니다.

"이 시간에 공부 열심히 하면 다음이 체육 시간인데 운동장에 가서 눈싸움 할거야."

선생님 말씀에 아이들이 환호성을 질렀습니다.

"야호! 신난다."

아이들은 반짝이는 눈으로 수업에 집중했습니다.

체육 시간이 되었습니다. 아이들은 운동장으로 뛰어가서 눈을 굴려 눈싸움을 시작했습니다. 그리고 눈사람도 만들었습니다. 이곳은 눈이 서울보다 더 깨끗하고 예뻤습니다.

민서는 눈을 보며 솜사탕 같다는 생각이 들었습니다. 갑자기 어떤 맛일지 궁금해서 흰 눈을 한주먹 쥐어서 입에 넣었습니다. 시원한 느낌이 좋았습니다. 또 한 주먹 쥐어서 먹었습니다. 이 모습을 반 아이들이 봤습니다.

"민서야. 눈을 왜 먹어? 배고파?"

한 친구가 말하자, 다른 친구가 장난스럽게 말했습니다.

"민서야, 그럼 더 살쪄."

민서가 갑자기 화를 내며 친구에게 큰 소리로 말했습니다.

"야, 방금 나한테 살쪘다고 했니?"

친구는 당황해서 대답했습니다.

"아니, 그냥 나는 장난으로⋯."

"여기 눈이 하얗고 예뻐서 먹어본 거란 말이야."

민서는 친구에게 화를 내고는 교실로 들어갔습니다.

그동안 민서가 서울에서 친구들하고 많이 다퉜습니다. 살이 많이 쪄서 자신이 없고 작은 일에도 예민했습니다. 친구들이 뚱뚱하다고 놀리면 화를 내면서 주먹까지 휘둘렀습니다. 그래서 학교폭력 가해 학생까지 됐었습니다.

민서가 제일 좋아하는 음식은 배달음식과 패스트푸드였습니다. 살이 찌고 건강 상태가 나빠지는 민서를 걱정하시며 부모님께서 말리셨지만 소용없었습니다. 이미 달고 짜고 자극적인 음식에 중독된 상태였습니다.

그리고 시간만 있으면 컴퓨터 앞에 앉아서 게임을 했습니다. 게임중독이 갈수록 심해지고 있었습니다.

4학년 때 병원에서 실시하는 건강검진 결과를 보시고 부모님께서 더욱더 걱정을 많이 하셨습니다.

민서 비만 상태가 점점 심각해지고 혈압도 오르고

콜레스테롤 수치까지 높았기 때문입니다.

"민서를 이래도 두면 안 되겠어요."

"내 생각도 같아요."

부모님께서 여러 날을 심각하게 의논하시고 결정하셨습니다. 민서가 규칙적인 생활과 건강에 좋은 자연식품을 섭취할 수 있는 곳을 찾기 시작하셨습니다. 그리고 몸과 정신이 함께 건강해질 수 있는 시골 학교와 농촌유학센터에 보낸 것입니다.

민서는 교실에 들어와서 반성하는 마음이 들었습니다. 친구가 나쁜 뜻으로 한 말이 아닌데 속 좁고 예민하게 화를 낸 것이 스스로 부끄러워졌습니다.

친구가 교실로 들어오더니 민서에게 다가와서 말했습니다.

"민서야. 화나게 해서 미안해."

민서는 먼저 사과한 친구에게 더 미안해졌습니다.

"아니야. 내가 더 미안해. 앞으론 화 안 낼게."

둘이 악수하면서 화해했습니다.

어느새 눈이 그치고 창밖으로 밝은 햇살이 화사하게 반짝였습니다.

'그래. 내가 살찐 건 사실이야. 이제부터 살을 빼야겠어. 먹는 것을 줄이고 운동도 열심히 해야지.'

민서가 결심을 했습니다. 아침에 학교에 도착하면 친구들과 선생님하고 운동장 걷기를 하는데 더 열심히 걷기 시작했습니다.

해가 넘어가고 있었습니다. 산속 깊은 마을이라 서울보다 밤이 일찍 찾아왔습니다.

민서가 저녁밥을 먹고 숙제를 하고 있는데 갑자기 창 밖에서 콰당 소리와 함께 개 짖는 소리가 들렸습니다.

센터장님하고 뛰어나가 보니 동네 혼자 사시는 할아버지께서 자전거와 함께 쓰러져 계시고 옆에는 개가 짖고 있었습니다.

호흡과 맥박을 확인하니 숨도 쉬지 않고 심장도 멈춰있었습니다.

"센터장님! 119에 신고해주세요. 심폐소생술은 제가 할게요."

센터장님이 119에 신고하시는 동안 민서는 심장 압박을 시작했습니다. 보건 수업 시간에 실습을 해봐서 자신 있었습니다. 그래도 떨렸습니다.

"침착하자, 침착하자."

마음속으로 주문을 외우면서 무릎을 꿇고 팔을 곧게 펴고 1분에 100회 속도로 가슴 압박을 하기 시작했습니다. 센터장님은 자신의 겉옷을 벗어서 할아버지를 덮어드리고 할아버지 몸에 조여있는 허리띠를 풀어주셨습니다. 그리고

"민서야, 이제 내가 할게."

라고 말씀하신 순간 할아버지가 숨을 쉬기 시작하셨습니다.

"여기가, 어디인가?"

할아버지는 어리둥절한 채 말씀하셨습니다.

"어르신! 정신 드세요?"

센터장님이 기쁨에 들떠 말씀하셨습니다.

이때였습니다. 사이렌 소리와 함께 119구급차가 도착했습니다. 구급대원들이 센터장님께 상황 설명을 듣고, 마침 도착하신 이장님과 함께 할아버지를 모시고 병원으로 출발했습니다.

"휴우!"

민서가 구급차 뒷모습을 보며 안도의 숨을 내쉬었습니다.

"아이고, 우리 민서 수고했어. 대단하다!"

센터장님의 칭찬에 어깨가 으쓱하며 쑥스러워졌습니다. 그런데 정신을 차리고 보니 개가 옆에서 짖고 있었습니다.

"개를 우리가 데려가서 보호해야겠구나."

자상하신 센터장님이 개를 센터로 데려와서 목줄로 묶어놓고 개밥을 줬습니다. 개 이름은 해피였습니다. 한 번씩 할아버지가 부르는 소리를 들어서 알고 있었습니다.

"센터장님, 제가 앞으로 해피 밥주고 목욕 시키고 전부 다 돌볼게요."

"그럴래? 고맙다."

민서의 말을 듣고 센터장님이 기뻐하셨습니다.

민서는 학교 끝나고 센터에 오면 배변 봉투를 챙겨서 해피와 함께 나갔습니다. 그곳은 센터 바로 앞에 있는 체련공원이었습니다. 해피는 온종일 줄에 묶여서 지나가는 사람들 구경을 하다 민서가 학교에서 돌아오면 반가워서 어쩔줄 몰라했습니다.

"해피야. 잘 있었어?"

민서의 말에 해피는 반가워서 꼬리를 흔들며 폴짝 폴짝 뛰었습니다.

"알았어. 우리 오늘도 신나게 달려보자."

민서는 해피와 함께 날마다 신나게 달렸습니다.

그런데 민서에게 한 가지 큰 걱정이 있었습니다. 그것은 해피와 헤어지는 것이었습니다.

할아버지가 건강 상태가 많이 회복되었지만 요양

158

병원으로 가시며 센터장님께 해피를 부탁하셨습니
다. 마음씨가 좋으신 센터장님께서 흔쾌히 해피를
맡아서 키우기로 하셨습니다. 이제 완전히 해피도
당당하게 센터 가족이 된 것입니다. 민서는 걱정이
사라져서 해피랑 열심히 달리며 더욱 즐겁게 지냈습
니다.

며칠 뒤였습니다.

"민서야, 선생님하고 잠시 교장실에 가보자."

담임선생님을 따라서 교장실로 가자, 도청에서 손
님들이 오셔서 기다리고 계셨습니다. 민서가 심폐소
생술로 마을 할아버지 살리신 것을 확인 나오신 것
입니다.

"이 어린이가 우리학교 5학년 김민서입니다."

교장선생님 말씀에 손님들이 민서 머리를 쓰다듬
으며 칭찬하셨습니다.

"심폐소생술로 할아버지 목숨을 구한 민서구나?
우리 민서 기특하네."

"그냥 보건 수업 시간에 배운 대로 했어요."

민서가 쑥스러워서 작게 말했습니다.

"하트세이버 인증서와 뱃지를 수여할 계획입니다. 다음에 날짜를 말씀드리면 민서가 보호자와 동행해서 방문해주시길 바랍니다."

"소중한 목숨을 구하다니, 우리 민서 장하다."

교장선생님, 교감선생님, 보건선생님, 그리고 모든 선생님들께서 민서를 칭찬해주셨습니다. 민서는

"내가 서울에서는 별명이 뚱뚱한 쌈닭으로 항상 혼자였는데…."

라고 혼자 생각하며 이곳에서 영웅이 된 것이 실감나지 않았습니다.

'혹시 꿈은 아니겠지?' 라는 생각이 들었습니다.

민서는 센터장님과 함께 도청에 가서 하트세이버 인증서와 배지를 받고 왔습니다.

담임선생님께서 교실에 신문을 들고 오셔서 아이들에게 보여주셨습니다. 신문에는 사람을 살린 민서

기사와 사진이 크게 실려있었습니다.

"우리 반 민서가 할아버지께 심폐소생술을 해서 할아버지 목숨을 구했어요. 그래서 하트세이버 배지와 인증서를 받고 이렇게 신문에 크게 보도되었어요."

"우와! 민서 대단하다."

"자랑스러운 우리 민서!"

"민서, 멋져!"

친구들이 모두 한마디씩 칭찬을 하며 박수를 쳤습니다. 민서는 쑥스러워 얼굴이 빨개졌습니다.

그때 친구가 한마디 했습니다.

"그런데 민서야, 살 빠진 비결이 뭐야?"

"내가?"

"사진 봐. 배가 쏙 들어가고 몸이 늘씬해졌잖아. 나도 배우고 싶어."

"간단해. 날마다 아침에 학교에서 운동장 달리고 오후에는 센터에서 해피랑 달리기 하고 있어."

"우와! 그렇구나. 대단하다."

"아, 정말 중요한 것이 또 있다."

민서가 이어서 말했습니다.

"학교에서 점심 먹고 센터에서 저녁에 집밥 먹고, 서울에서 자주 먹던 배달 음식이랑 패스트 푸드를 끊어서인 것 같아."

"민서야, 너한테 배울 점이 정말 많아. 친구인데 존경하는 마음이 들어."

친구의 말을 듣고 민서는

"아이, 그러지마. 아니야."

라고 말하면서 속으로는 너무 기뻤습니다. 이제 누구하고도 다투지 않았습니다.

몸이 늘씬해지고 키가 쑥쑥 자라면서 자신감도 함께 쑥쑥 자라고 마음도 넓어졌습니다. 친구들하고 많이 친해지며 학교생활과 센터 생활이 갈수록 즐거워졌습니다.

겨울방학이 끝나가고 있었습니다. 이제 약속한 6

개월이 되었습니다. 부모님께서 민서를 데리러 센터에 오셨습니다.

"민서야."

"엄마, 아빠!"

"자, 집에 가게 짐 챙겨라."

"저 서울에 안 갈래요. 이곳에 더 있게 해주세요."

밖에선 해피가 숨죽이며 민서 부모님의 대답을 기다리고 있었습니다.

"네가 서울에 가고 싶어 하는지 알았는데….."

"아녜요. 바뀌었어요. 이곳에서 살고 싶어요."

"그래. 우리 아들! 많이 보고 싶긴 하지만 건강해지고 즐겁게 지내니 엄마 아빠도 찬성이야."

"야호! 감사합니다. 엄마 아빠!"

그리고 밖으로 뛰어나가서 해피를 끌어안았습니다. 해피도 폴짝폴짝 뛰고 꼬리를 흔들며 기뻐했습니다. 시원한 바람 한 줄기가 다가와 민서 머리와 해피 털을 간지럽혔습니다.

제6편
펭귄 살리기

제6편
펭귄 살리기

펭귄 살리기

봄이는 잠이 오지 않습니다. 내일 현장체험학습으로 놀이동산에 가기 때문입니다. 생각할수록 기분이 좋아서 눈이 말똥말똥해집니다.

놀이동산에 가면 신나는 놀이기구를 타고 신기한 동물 보는 것이 재미있습니다. 몸을 이리저리 뒤척이다 늦은 밤에 겨우 잠이 들었습니다.

"봄아, 어서 일어나!"

잠결에 엄마가 깨우는 소리가 들렸습니다.

"조금만 더 자고요."

"놀이동산 가야지!"

"놀이동산?"

갑자기 엄마의 놀이동산이라는 소리에 잠이 달아

나서 벌떡 일어났습니다.

"맞아, 오늘 놀이동산 가지? 룰루랄라~ 놀이동산!"
봄이는 세수하러 가면서 콧노래까지 불렀습니다.

빨간색의 예쁜 관광버스가 학교에 도착했습니다.

"혹시 차 탈 때 멀미하는 학생은 앞쪽으로 타도록
해요."

선생님께서 차 멀미하는 사람들은 앞으로 앉으라
고 하셨습니다. 봄이는 아침에 집에서 멀미약을 먹
고 왔지만 그래도 걱정돼서 앞으로 가서 앉았습니다.

창밖으로 단풍이 든 가로수가 손을 흔들었습니다.
노랗게 물들어가는 은행잎도 손을 흔들어주었습니
다. 현장체험학습 가는 봄이를 축하해주는 가로수를
향해 봄이도 손을 흔들며 인사했습니다.

"봄아."

이름을 불러도 봄이는 끄떡을 안했습니다. 옆자리
에 앉은 친구가 흔들었습니다.

"봄아, 일어나."

"응?"

엊저녁에 늦게 자서 잠이 부족한 봄이가 잠이 들었었나 봅니다. 눈을 떠보니 놀이동산의 엄청 큰 '대 관람차'가 천천히 돌아가는 모습이 보였습니다.

드디어 놀이동산 주차장에 도착했습니다. 오전인데도 대형 관광버스가 가득했습니다. 정문 앞에도 사람들이 가득했습니다. 다른 학교 학생들이 일찍 도착해서 시끌벅적했습니다.

제일 먼저 놀이기구 있는 곳으로 갔습니다. 줄이 길어서 한참씩 기다려야 했습니다. 놀이기구 몇 개를 신나게 탔더니 점심시간이 되었습니다.

선생님을 따라서 놀이동산 안에 있는 식당으로 들어갔습니다. 메뉴는 어린이 돈까스인데 꿀맛이었습니다. 그런데 한 가지 아쉬운 점은 김치가 없었습니다.

"김치 먹고 싶다."

"너도 그래? 나도."

돈까스가 좀 느끼해서 김치가 있으면 좋겠다는 생

각이 들었습니다. 친구도 김치가 먹고 싶다고 했습니다. 김치가 먹고 싶다는 친구랑 더 친해지는 기분이 들었습니다.

오후에는 동물을 보러 간다고 선생님께서 말씀하셨습니다. 점심을 먹고 선생님을 따라서 동물원 사파리로 갔습니다. 줄이 많이 길었습니다. 1시간 30분을 기다려서 드디어 사파리 버스를 탔습니다.

사자와 호랑이는 언제 봐도 용감하게 보였습니다. 기린은 긴 목으로 먹이를 먹고 있었습니다. 코끼리도 두툼한 다리로 성큼성큼 걷는 모습이 멋지게 보였습니다.

사파리 버스에서 내려서 동물원으로 갔습니다. 파충류 코너부터 보기 시작했습니다. 봄이는 무서워서 눈을 가리고 통과했습니다. 선생님하고 친구들은 안 무섭다며 재미있게 보는 것이 신기했습니다.

밤에 활동하는 재규어는 편하게 누워서 자고 있었습니다. 다음엔 야행성인 검은색 유럽 불곰이 늘어지게 자고 있었습니다. 쉬는 날, 거실 쇼파에서 주무시는 아빠가 갑자기 생각났습니다.

아빠는 봄이가 동생하고 노는 소리와 엄마의 잔소리에도 끄떡없이 주무시는데, 재규어랑 유럽 불곰도 관광객들의 시끄러운 소리에도 끄떡없이 잠을 자고 있었습니다. 봄이는 아빠하고 너무 똑같아서 반가웠습니다.

물범은 동생을 닮았습니다. 작고 귀엽게 생겼는데 신나게 수영하고 있었습니다.

백두산 호랑이를 보러 갔습니다. 올해 7월 3일에 태어난 새끼 호랑이 세 마리가 뛰어다니고 있었습니다. 2주 전에는 백일 잔치도 했다고 합니다.

대개는 엄마 호랑이와 분리해서 따로 키우는데 백두산 호랑이는 백일까지 엄마 호랑이가 젖을 먹여서 키우고 백일이 지난 지금은 닭고기를 먹고 있다고 했습니다.

어미 호랑이를 따라다니는 새끼 호랑이들이 어찌

176

나 귀여운지 옆에 가서 쓰다듬고 싶었습니다.

펭귄을 보러 갔습니다. 실내 의자에 앉아서 편하게 볼 수 있었습니다. 엄마 아빠 펭귄이 뒤뚱뒤뚱 걷다가 갑자기 물속으로 풍덩 빠지며 수영을 했습니다.

그리고 또 밖으로 나와서 뒤뚱뒤뚱 걸었습니다. 아기 펭귄들이 똑같이 따라 했습니다. 펭귄 가족들이 행복하게 보였습니다.

동물원에서 동물 가족을 보면서 봄이는 부모님과 동생이 보고 싶어졌습니다. 동물원에서 나와서 친구들이랑 기념품 가게에 갔습니다.

예쁜 인형이 많았습니다. 봄이가 좋아하는 펭귄 인형과, 동생이 좋아하는 아기 호랑이 인형을 샀습니다.

"우와, 호랑이다. 누나 고마워!"

동생은 아기 호랑이 인형을 받고 많이 기뻐했습니다. 아빠가 말씀하셨습니다.

"봄아, 현장체험학습 재미있었어?"

"네. 엄청 재미있었어요. 근데 신기한 것을 봤어요."

"신기한 것을 봤어?"

"네. 아빠하고 똑같은 동물을 봤어요."

"그래? 뭔지 궁금하네. "

"재규어하고 유럽 불곰이에요."

"그래? 멋지게 생겼나 보네?"

"호호호."

웃기만 하는 봄이에게 아빠가 말씀하셨습니다.

"웃지 말고 말해봐. 뭐가 똑같은데?"

"시끄러운데 낮잠 잘 자는 거요."

"뭐야? 하하하."

아빠는 유쾌하게 웃으셨습니다.

"으이구, 애들한테 보범을 보여야지!"

엄마 말씀에 아빠는 더 크게 웃으며 말씀하셨습니다.

"잠을 잘 자는 것이 얼마나 보약인데. 그것이 내 최고의 건강 비결이야. 유럽 불곰도 튼튼하고 건강하게 생겼지?"

"네. 맞아요."

"거봐. 하하하."

"호호호."

봄이 가족의 즐거운 웃음소리가 집안 가득 울려 퍼졌습니다.

현장체험학습에서 돌아온 뒤부터 봄이는 펭귄 인형을 품에 꼭 안고 잠이 들었습니다.

어느 날이었습니다.

"봄아 일어나!"

잠결에 엄마가 깨우는 소리가 들렸습니다.

"아이, 쉬는 날인데 좀만 더 자구요."

"남극 안 갈거야? 오늘 우리 남극 가는 날이잖아."

"남극? 맞아, 오늘 남극 가는 날이지? 야호!"

"그렇게 좋아?"

"네, 정말 좋아요."

봄이는 신이 나서 벌떡 일어났습니다. 봄이가 부모

님을 졸라 남극으로 펭귄을 보러 가는 날입니다.

비행기를 타고 남극에 도착했습니다. 정말 펭귄들이 많았습니다. 봄이는 무척 행복했습니다. 펭귄들도 봄이를 무척 반가워했습니다.

"펭귄아, 안녕? 반가워. 나는 봄이라고 해."

"봄아, 반가워. 환영해."

"우와 펭귄이 정말 많아."

"응, 모두 네 친구야."

"이렇게 펭귄 친구가 많다니, 정말 신나!"

봄이는 펭귄들과 친구가 되어 시간 가는지 모르고 즐겁게 놀았습니다. 그런데 펭귄 한 마리가 한 쪽에서 울고 있었습니다.

"펭귄아, 왜 우니?"

"우리 엄마가 아파. 흑흑."

"엄마가 많이 아프셔?"

"얼마 못 살고 돌아가신대. 흑흑."

"어떡해. 나랑 함께 가보자."

봄이는 울고 있는 펭귄을 달래며 집에 갔습니다. 펭귄 엄마가 아파서 누워계셨습니다. 몸이 마르고 얼굴이 노란색이었습니다.

펭귄 엄마는 말했습니다.

"병원에서 미세 플라스틱 때문에 병이 들어서 가망이 없단다. 우리 아이만이라도 건강하게 잘 지내야 할 텐데….'

엄마 펭귄 눈에서 눈물이 또르륵 떨어졌습니다.

"엄마, 죽으면 안 돼!"

아기 펭귄이 슬프게 울었습니다. 봄이도 따라서 눈물이 났습니다. 펭귄을 도와주고 싶어서 부모님을 찾았습니다.

"엄마, 아빠!"

부모님이 어디에 계시는지 나타나지 않으셨습니다. 봄이는 애가 타서 더 크게 불렀습니다.

"엄마, 아빠!"

"응? 봄아! 무슨 일이야?"

엄마 아빠가 걱정스러운 얼굴로 말씀하셨습니다.

"우리가 도와줘야 해요. 엄마 펭귄을 살려야 해요."

"응? 무슨 이야기야?"

"빨리, 빨리요."

하면서 일어나보니 침대 속이었습니다. 그럼 좀 전의 펭귄 나라는 어디에 있는거지?

"아이고, 땀좀 봐. 우리 봄이가 꿈을 생생하게 꾸었나 보네."

"꿈이요?"

엄마 펭귄이 아픈 것이 꿈이었다니 천만 다행이었습니다.

학교에서 환경보호에 대해서 배운 것이 생각났습니다. 선생님께서는 환경오염이 심각해서 사람하고 동물이 모두 위험해지고 있다고 하셨습니다. 사람들이 버린 쓰레기 때문에 남극의 펭귄까지 미세 플라스틱으로 건강이 위협받고 있다고 하셨습니다.

이대로는 안 되겠다는 생각이 들었습니다. 가족회

의를 통해서 봄이 가족은 환경 지킴이가 되기로 했습니다.

아빠가 말씀하셨습니다.

"우리 가족 모두 꼭 필요한 것만 사고 되도록 쓰레기를 줄이자. 아빠도 화장지 안 쓰고 손수건 사용하고 앞으로 옷과 신발도 재활용품으로 만든 제품으로 구입할게."

엄마가 이어서 말씀하셨습니다.

"엄마도 되도록 일회용 제품과 플라스틱 사용하지 않을게. 이제 생수 안 사 먹고 보리차 끓여서 먹고 커피숍 갈 때도 꼭 텀블러 가져갈게."

봄이도 말했습니다.

"앞으로 배달음식 시켜달라고 안 할게요. 정성스럽게 만들어 주시는 엄마표 집밥으로 먹을래요."

그러자 동생이 말했습니다.

"나도 과자하고 음료수 사달라고 안 할게요.

"이제부터 우리 가족이 더 건강해지고 우리 집도 부자 되겠는 걸!"

아빠가 하하 웃으시며 말씀하셨습니다. 가족 모두 따라 웃었습니다.

그날 밤이었습니다. 눈이 부셔서 봄이가 눈을 떴습니다. 눈이 수북하고 얼음이 가득한 남극이었습니다. 아가 펭귄이랑 엄마 펭귄이 반갑게 맞이해주었습니다.

"봄아, 우리 엄마 건강해지셨어."

"그래? 정말 반가워."

"네가 앞장서서 환경을 보호해 준 덕분이야."

"아이, 아니야."

봄이는 쑥스러워서 볼이 빨개졌습니다.

"봄아, 너는 우리 펭귄들의 생명의 은인이야. 네 덕분에 앞으로 우리 아기 펭귄도 건강하게 잘 살 수 있을 것 같아. 정말 고맙다 봄아."

엄마 펭귄이 봄이 손을 잡으며 정말 고맙다고 말씀하셨습니다. 그리고 봄이 손을 잡고 춤을 추기 시작했습니다.

189

어느새 펭귄 친구들이 몰려와서 봄이 손을 잡았습니다. 펭귄 친구들과 봄이는 빙글빙글 돌며 춤을 추었습니다.

다른 때는 많이 돌면 어지럽고 머리가 아팠었는데 오늘은 즐겁고 기분이 좋아졌습니다. 봄이 손을 잡고 춤을 추는 펭귄 친구 숫자가 점점 더 많아졌습니다.

이슬이와 코코에게로 초대합니다

시인 · 고글 대표 / 연규석

1. 들어가며

하송 동화작가의 '이슬이와 코코(도서출판고글)'는 동물과 인간 관계와 환경의 소중함을 알게 하고 어린이들이 느낄 수 있는 감정 변화를 다양하게 보여주는 창작동화다.

그의 동화는 한 번 읽을 때와 여러 번 읽을 때의 느낌과 울림의 파장이 다른 묘한 매력이 있다. 읽을수록 서사의 서브텍스트 Subtext(문학 작품이 지닌 근저)가 선명하게 다가오는가 하면, 서사를 따라가기에 급급하다 보면 놓치기 쉬운 상징적 은유가 작품의 수면 위로 떠 오른다.

하송 작가의 동화를 읽고 나면 감동이 잔상으로 남아 여운이 오래 남는다. 작품 편편에서 솟아오르는 어린이에 대한 사랑의 감정을 확연하게 느낄 수 있다.

동화의 서술 종결형 어미가 '~습니다' 체로 일관하고 있는 것은 어린이에 대한 존중과 사랑의 발현으로 생각된다.

2. 하고 싶은 말

동화는 일상생활에서 소외당하고 관심 밖으로 밀려난 것들에 대한 생명의 소중함을 비롯한 연민과 동정을 말해야 한다. 특히 미래 지향적 희망을 위해 자신을 아낌없이 희생하는 선한 의지의 덕목 하나하나를 동화로 녹여야 하고, 덕목을 교훈적 내포와 함께 재미라는 기능을 통해 어린이 스스로 생활의 소중함을 발견하도록 유도할 때 동화가 빛난다. 또한 동화가 어린이 문학이 지향해야 할 이정표로 손색이 없어야 한다. 그것은 동화작가들에게 자신을 돌아볼 소중한 기회를 제공하기 때문이다.

일반적으로 동화는 생활 동화 · 의인화 동화 · 판타지 동화로 구분한다. 누구는 생활 동화를 소년소녀소설이라 하여 동화의 범주에 넣지 않기도 한다. 하지만 현실과 환상세계를 공유하고 있는 어린이의 세계를 인식한다면 그럴 필요는 없다. 이유는 어린이들의 생활은 그 자체가 동화의 세계라고 보기 때문이다.

하송 작가의 동화는 저마다의 특징을 지니고 있어 현실과 가상의 세계가 자연스럽게 어우러지는가 하면 일상에서 잊고 있었던 일들을 깨워주고, 나아가 우화적 세계를 통해 보편적인 삶의 태

도를 발견하게 한다. 동화를 관통하는 키워드는 독자를 작품 속에 머무르게 하는 재미라는 흡인력이 있다.

제1편: '이슬이와 코코'를 읽어보면 순수함과 서정성에 놀란다. 사람과 고양이가 깊이 교감할 수 있다는 점을 보여준다. 길냥이와 친해진다는 것은 상당히 어렵다.
특히 유기묘遺棄猫인 경우에는 사람을 두려워하기도 한다. 버려졌다는 것에 스트레스와 목숨을 보전하는 정신적 충격인 트라우마Trauma에 시달리기 때문이다.
이슬이가 코코에게 보여주는 애정과 관심에 주목해야 한다.

제2편: '똘이 개미'는 철이와 송이를 통하여 생명존중을 깊숙이 담고있다. 철이가 큰 막대기로 개미집을 파헤치기 시작할 때 개미들이 혼비백산하여 사방으로 흩어지는 장면에서 송이는 깜짝 놀라며 말린다. 같은 사건이 발생할 때 누구는 장난이지만 누구에는 심각한 상황으로 인지한다. 결론은 개미마을 사람들이 힘을 모아 과자와 사탕을 개미집으로 옮겨서 파티를 하는 해피엔딩이다.

제3편: '현이 친구'에서는 진정한 친구는 좋은 일이 있으면 축하해 주고, 슬플 때는 위로해 주어야 좋은 친구라는 것

을 다시 확인하며 역설하고 있다. 즉 피가 한 방울 섞이지 않았지만 함께 생활하면서 친해져 사실상 반쯤 가족인 인간관계를 친구라고 한다.

시골 할아버지 댁으로 전학을 간 현이는 아기 거미와의 우정을 쌓아감으로써 엄마·아빠에 대한 그리움을 달래며 지낸다. 어느 날 유리병 속에 아기거미를 넣어 집으로 가져왔지만 다시 어미 거미에게 돌려준다. 사람이 아닌 동·식물과도 친구가 될 수 있으며 역지사지와 배려심을 배우게 된다.

제4편: 약속約束은 마음의 언약이다. 한 번 승낙한 것은 천금같이 귀중하다는 '일낙천금一諾千金'은 약속을 중히 여기라는 말이다. '꼭 지키자'라고 말하면 더욱 단단해져야 하는 것이 약속이다. 연인간의 약속, 친구와의 약속, 스승과 제자와의 약속, 부부간의 약속, 부자지간의 약속 등 종류도 헤아릴 수 없이 많다. 약속은 자율성으로부터 시작되기 때문에 인간적 자존심을 잃어 버렸을 때는 초라 하고 궁색하게 보인다. 계약서가 아닌 눈빛과 마음의 약속일지라도 그 약속을 지키는 사람에게는 범접 할 수 없는 광휘를 발견하게 된다.

하송 작가의 약속은 여느 약속과는 다르다. 주인공 준석이는 다문화가정의 자녀로 얼굴이 유난히 까매서 놀림의 대상이 된다. 마음 고생이 심한 준석이와 함께하며 진심으로 힘이 돼주는 친구는 서울에서 온 세나이다. 작가는 준석이와 세나를 통해서 약속의 의미를 재조명하고 있다.

제5편: '민서에게 생긴 일'은 비만과 열등감으로 힘들게 지내던 민서가 개와 교감하며 운동을 해서 살을 빼고 보건수업시간에 배운 심폐소생술로 심정지 할아버지 목숨을 구한 감동을 주는 이야기이다.

감동感動은 기쁨과 슬픔이 합쳐진 감정으로 슬픔과 어느 정도 일치하는 부분이 있다.

따라서 감동은 깊이 느껴 마음이 움직이는 기쁨이나 뿌듯함이고, 감정感情은 어떤 일이나 현상 또는 사물에 대하여 느끼는 심정이나 기분이라는 차이점이 있다.

서울에서 문제아였고 비만으로 건강이 심각하게 위협받았던 주인공이 시골로 와서 올바른 식습관과 운동으로 체중감량에 성공하며 자신감을 얻는다. 또한 보건수업시간에 배운 심폐소생술로 귀한 생명을 구해서 하트세이버가 되는 이야기이다. 심폐소생술에 대한 지식을 배우며 큰 울림으로 감동 속에 빠져든다.

제6편: '펭귄 살리기'는 주인공 봄이가 놀이동산 사파리에서

펭귄을 보고 돌아와 펭귄 인형을 안고 잠이 들어 남극에 가 펭귄을 만난다는 판타지Fantasy 동화다.

「펭귄 엄마는 말했습니다. "병원에서 미세플라스틱 때문에 병이 들어서 가망이 없단다. 나는 늦었지만 우리 아이만이라도 건강하게 잘 지내야할 텐데…." 엄마 펭귄 눈에서 눈물이 또르르 떨어졌습니다. "엄마, 죽으면 안 돼! 아기펭귄이 슬프게 울었습니다.」 눈물이 핑 돌면서 환경보호에 대한 경각심이 커질 것 같다.

동화 '이슬이와 코코'에 실려 있는 6편의 동화는 소외되거나 버려진 대상에 대한 관심과 사랑은 물론이고 생명이 있는 것들에 대한 존중을 가득 담은 이야기로 흥미진진하게 풀어내고 있다.

거기에 더해서 주제 의식은 어린이 문학이 지향해야 할 목표를 추구하고 있다. 사물에 대한 이해는 긍정적 공통분모로 연결되어 어린이의 사회성 발달과 사회적 연대성 그물망을 이루어가고 상징적 은유를 담고 있다.

6편의 동화는 현실의 리얼리티에 판타지를 접목시킨 생활 동화에 속한다. 일상적인 현실을 중심축으로 서사 구조를 전개하면서 부분적으로 판타지적 공간을 에피소드인 생활 동화의 형태를 취하고 있다.

그럼에도 불구하고 판타지적 세계는 현실의 아픔과 상처를 치유하는 공간으로 기능하는 점이 주목할만하다.

3. 나오면서

우리는 삶의 의미가 무엇인지 진지하게 생각해 볼 필요가 있다. 현재에 갇혀 살면서 무심하게 살아가고 있는 것은 아닌지 반성해야 한다. 또한 자신에 대해 고민하고 적극적인 자세로 목표나 목적을 향해 최선을 다할 때 훗날 후회 없는 삶을 살았다고 말할 수 있다.

하송 작가의 동화는 어린이 문학이 지향하는 보편적 주제 의식이 뛰어나면서, 재미와 교훈이 유기적이고 일관되면서 문학적 완성도를 높이고 있다.

주제와 소재 의식이 상상력으로 거듭나지 않으면 실패한 동화다. 따라서 평균적 상태에 머무르지 말고, 작가의 의도적 사상이나 생각이 작품의 심층부에 용해되어야 한다. 특히 어린이 문학의 원론적 틀에 머무르면 독자들에게 아쉬움으로 남는다.

창작 행위는 독자의 심상에 기억과 감동이라는 불멸의 인장을 찍을 수 있는 불후의 작품을 위한 '시시포스Sisyphos(그리스 신화에 나오는 코린트Corinth의 왕)의 고행'이나 다름이 없다.

작가들은 독자의 기억 속에 오래도록 남는 불멸의 작품을 건지기 위해 밤을 새워 글을 쓰고 있다고 해도 과언이 아니다. 수많은 동화를 쓰는 것도 중요하지만, 한 편을 쓰더라도 제대로 된 동화를 쓰는 장인 정신이 요구된다.

특히 단편 동화는 장편 동화와는 달리 재미성과 문학성을 아우

르고 있어야 한다. 독자인 어린이들에게 쉽게 접근하기 위해서는 가독성이 있어야 한다. 한편 상징적인 문체의 확립과 입체적인 서사구조가 하나의 유기체로 동화에서 뿜어져 나오는 문학적 향기가 함께 어우러져야 성공적인 동화라고 할 수 있다.

동화 '이슬이와 코코'를 읽으며 사람과 동물의 교감을 통한 감동 속에서 우리 어린이들이 생명 사랑, 환경 보호 등의 지식과 지혜가 샘 솟을 것을 확신한다.

하송 작가의 동화가 맑고 밝은 어린이의 가슴 속에 깊이 간직되며 오래오래 꽃 피우기를 바란다.

이슬이와 코코

이슬이와 코코

· 지은이 / 하송
· 발행처 / 도서출판 고글
· 발행인 / 연규석
· 초판 인쇄 / 2022년 12월 01일
· 초판 발행 / 2022년 12월 15일
· 주소 / 서울시 용산구 한강대로 40길 18
　　전화) 010-8641-8545 / 02-794-4490
· E-mail / hasong12@naver.com

· 잘못된 책은 바꾸어 드립니다
· ISBN 979-11-85213-78-1

· 이 책은 전라북도 문화예술창작지원금을 지원받아 제작되었습니다.